KB055753

WISHBOOKS GAME FANTASY STORY

 **18**

비츄 게임 판타지 장편소설

초판 1쇄 찍은 날 | 2019년 9월 23일
초판 1쇄 펴낸 날 | 2019년 9월 30일

지은이 | 비츄
펴낸이 | 예경원

기획 | 위시북스
편집책임 | 이규재
편집 | 위시북스

펴낸곳 | 예원북스
등록번호 | 제396-2012-000132호
등록일자 | 2012. 7. 25
KFN | 제1-468호

주소 | 경기도 고양시 일산동구 호수로 646-24 위너스21Ⅱ빌딩 206A호 (우)10401
전화 | 031-819-9431 팩스 | 031-817-9432
E-mail | yewonbooks@naver.com

ⓒ비츄, 2018

ISBN 979-11-365-0164-6 04810
      979-11-6098-880-2 (set)

18

WISHBOOKS GAME FANTASY STORY
비츄 게임 판타지 장편소설

만렙 플레이어

Wish Books

CONTENTS

1장
일인군단

　절대악의 대표적인 영지, 프루나의 영주성 내 마련된 응접실. 그곳에서 데미안은 베르디가 직접 끓여온 차를 음미했다.

　"차에 대한 조예가 아주 깊구나."

　"그렇사와요. 주군께 드리고 싶어서 열심히 공부했답니다."

　사실 그렇다기보다는, 마법공부를 위해 하도 이것저것을 배합하고 끓여보다 보니 어부지리로 차 끓이는 실력이 늘었을 뿐이었다.

　어쨌든 데미안은 베르디의 차에 감탄한 후, 최고급 가죽 소파에 앉아 주변을 둘러봤다.

　"이곳에서 더럽고 불길한 기운이 피어오를 확률이 높다라……."

　데미안은 사실 이곳이 마음에 들었다. 이번에 접수하게 된 '악마의 대저택'도 나쁘지 않았지만, 이곳은 더욱 좋았다.

"그렇답니다. 하지만 데미안 님, 제가 펼치는 마법에서도 그러한 기운이 날 수 있답니다. 미리 설명드렸지요? 데미안 님은 기억하고 계시지요?"

데미안이 고개를 끄덕였다. 베르디가 이상한 마법을 펼칠 거라고 미리 설명해 주었다. 몰랐으면 모를까, 알고 있으면 그리 기분 나쁠 것은 없었다.

"계약 상위주체에게는 꽤 괜찮은 수하들이 있군."

마족과 인간은 다르다. 이곳에 와서 그것을 배웠다. 인간들은 무리를 이룬다. 이건 문화 차이다. 수하를 거느리는 것, 그것 또한 인간들의 문화.

"좋게 말씀해 주셔서 감사해요. 베르디는 주군으로부터 데미안 님을 잘 대접하라는 명령을 받았답니다."

그런데 그때 데미안과 베르디는 동시에 이상한 느낌을 받았다. 그리고 데미안이 사라졌다.

베르디가 눈을 크게 떴다.

'아니, 언제?'

물론 베르디는 동체 시력이 탁월한 NPC는 아니다. 마법으로 동체 시력을 극한까지 끌어올릴 수는 있긴 했지만, 어찌 됐든 기본 신체 능력이 월등한 NPC라고 보기에는 어렵다. 그녀는 마법사였으니까.

"내가 마법사라는 것을 감안해도……."

그렇다고 해도.

"베르디가 아예 기척을 읽지 못했어요?"

베르디 옆에는 아무도 없다. 말 그대로 혼잣말이다. 베르디는 저도 모르게 혼잣말을 중얼거렸다. 충격을 받았기 때문이다. 언제 이동했는지 모르겠다. 마법을 쓴 건 더더욱 아니다. 순수 육체 능력으로 움직였다는 얘기가 된다.

'적으로 만났다면…… 베르디는 제대로 싸우지도 못하고 죽을 수도 있겠어요.'

물론 베르디가 대인전에 특화된 NPC는 아니다. 그렇지만 어지간한 NPC나 플레이어와 일대일로 싸워도 밀리지 않는다. 일반 마법사도 아닌, 대마법사의 경지에 이른 마법사 아닌가.

'일단 신체 능력 자체가 저와는 비교할 수가 없네요.'

온갖 버프마법으로, 신체 능력을 끌어올리고 싸울 수는 있지만 그럴 시간이 허락될지 의문이다.

'과연…… 주군께서 인정하는 강자답사와요.'

데미안이 강한 건 알고 있었지만, 이 정도일 줄은 몰랐다. 인간 중에 데미안과 일대일로 대적하여 이길 수 있는 사람이 있을지, 그것도 잘 모르겠다.

한편, 데미안은 인상을 잔뜩 찡그리고 있었다.

'기분 나쁘고, 더럽고, 추악하구나.'

아마도 소환진과 비슷한 형태인 것 같았다. 완벽한 소환진은 아니었지만, 소환의 형태를 띠는 것은 분명했다.

데미안의 눈에 무언가가 보였다. 소환진 속에서 무언가 모습을 드러냈다.

'거대한 쇳덩이.'

저 쇳덩이가 엄청난 폭발을 일으킨다고 했다.

'부숴 버린다.'

그런데 저 폭발을 일으키는 거대한 쇳덩이에게서 매우 불쾌한 느낌이 났다. 일전에 루펜달이라는 놈을 마주했을 때 느꼈던, 그런 느낌이었다.

'계약 상위주체에게서도 이와 비슷한 느낌이 났었지.'

한주혁이 절대악이 아니라, 적대악으로 모습을 드러냈을 때. 그때 이와 유사한 느낌을 받았다.

"덕분에 기분이 아주 더러워졌다."

데미안이 두 팔을 들어 올려 양팔을 교차했다. 그러자 데미안에게만 들리는 알림이 들려왔다.

-스킬. 악마의 손톱을 사용합니다.
-스킬. 증폭을 사용합니다.

오른손 끝에서 다섯 갈래의 검은색 마나가 뿜어져 나왔다. 언뜻 보면 실 가닥 같았다. 굉장히 기다란 실이 풀린 것 같았다. 그것이 마치 채찍처럼 쇳덩이를 향해 쏘아졌다.

왼손 끝에서도 다섯 갈래의 검은색 마나가 뿜어져 나왔다. 오른손이 오른쪽 위에서 왼쪽 아래로, 왼손이 왼쪽 위에서 오른쪽 아래로. 그렇게 움직이면서 각각 다섯 갈래. 도합 열 갈래의 검은색 마나가 쇳덩이를 집어삼킬 듯 쏘아졌다.

스스스스!

커다란 소리는 들리지 않았다. 애초에 악마의 손톱이 거대한 소리를 내는 스킬은 아니니까. 뛰어난 절삭력을 자랑하는, 데미안의 고유 능력이다.

열 가닥의 마나가 쇳덩이 안에 스며들었다. 그러자 마나와 맞닿은 쇳덩이의 표면이 붉게 달아올랐다. 안에서는 무언가가 끓어오르고 있었는데, 그것은 마치 용암 같았다.

"증폭."

그와 동시에 쇳덩이 안에 파고들었던 마나 실이 몸집을 거대하게 불렸다.

시르티안이 하늘을 올려다봤다.

'뉴클리안이…… 분해됐다.'

뉴클리안이 처음 모습을 드러낸 지 1초가 채 되지 않은 시점에 뉴클리안이 수백 개 조각으로 잘려 나갔다. 시르티안은 데미안의 능력을 간접적으로나마 경험할 수 있었다.

'엄청나군.'

그렇게 생각한 순간, 거대한 마나 폭풍이 느껴졌다.

'이 느낌은…… 베르디……!'

베르디가 끊임없이 마법언어를 외웠다. 블랙 스톤 3개를 사용하여, 실전에서 처음으로 사용하는 마법.

이윽고 하얀색의 거대한 돔이 프루나 영지 전체를 덮었다. 시르티안도 그것을 눈으로 봤다.

'느낌이 묘하다.'

베르디의 마법이지만 베르디의 마법이 아닌 것 같다. 마치, 성좌들이 사용한 것 같은 그런 느낌. 블랙 스톤을 많이 소모한다 했더니, 위장 마법까지 곁들인 모양이었다.

번쩍-!

빛이 폭발했다. 한 번이 아니었다.

번쩍-! 번쩍-! 번쩍-!

수백 개의 조각으로 나누어졌던 뉴클리안의 조각들이, 하나하나 폭발하기 시작했다.

뜨거운 열 폭풍이 불어닥쳤다. 베르디가 만들어낸 하얀색 돔과 열 폭풍이 부딪쳤다.

영지민과 플레이어들이 그 광경을 생생히 목격했다.

"저, 저기 봐!"

"저건……?"

특히나 플레이어들에게는, 나름대로 익숙한 광경이었다.

"버섯구름?"

하얀색 돔 위에서 검은색 버섯구름이 피어오르고 있었다. 하나가 아니었다. 무려 수백 개의 버섯구름이 피어올랐다.

데미안이 일차적으로 폭발을 대폭 약화시켰다. 거기에 베르디의 마법이 다시 한번 폭발을 막아냈다.

"이거 진짜 핵 아니냐?"

"와…… 그럼 이게…….."

플레이어들은 지금의 광경을 보면서 똑같이 생각했다.

"이게…… 핵우산?"

그렇게밖에는 표현할 길이 없었다. 이것은 절대악이 만들어 낸 핵우산이었다. 불칸이라는 빌어먹을 영지에서 만들어낸, 6번에 걸친 실험을 통해 완성시킨 뉴클리안을, 절대악이 막아냈다.

데미안과 베르디의 합작. 그리고 이어지는 마성격까지.

-마성격이 공격을 감지합니다.

-공격 대상을 확인합니다.

그렇지만 공격 대상이 없다.

-공격 원점을 찾을 수 없습니다.

-마성격이 공격 원점에 대한 공격 대신 방어에 치중합니다.

현재 마성격의 능력으로는 핵 공격을 감행한, 말하자면 포격 원점을 찾아낼 수는 없는 모양이었다.

불칸의 뉴클리안, 한주혁의 표현을 빌리자면 핵은 프루나에서 그 어떤 피해도 끼치지 못했다.

시르티안이 성벽을 점검하고 보고를 올렸다.

-성벽의 내구도에는 전혀 이상이 없습니다.

한주혁은 피해가 전무하다는 보고에 안심했다.

'이제 반격의 시간이다.'

-스킬. 마성격을 사용합니다.

마성격은 한주혁 본인도 사기급 스킬이라고 인정한 수성격과 파성격, 그 두 가지 스킬이 융합된 스킬이다. 여지껏 수많은 영지들을 정복하는데 결정적인 능력을 발휘한 스킬이기도 하고.

"어림없다!"

불칸의 기사. 청은이 빠르게 달려들었다.

매지컬 콜렉터인 3충성이 눈을 빛냈다.

'저놈, 저거.'

불칸의 기사 청은에게 못 보던 아이템 두 개가 생겼다. 매지컬 콜렉터로서의 경험도 어느 정도 쌓인 3충성이다. 이 정도 눈썰미는 있다.

'분명 엄청 좋은 거다.'

그는 기회를 노리기로 했다.

'저건 내 거다!'

아니, 정확히 말하자면 절대악 거다. 매지컬 콜렉터로서 획득한 모든 아이템의 소유권은 절대악에게 있다.

그렇지만 3충성은 흥분했다. 저 아이템을 직접적으로 얻지 못하더라도, 그로 인해 떨어지는 콩고물이 상상을 초월하기 때문이다. 할렐루야를 외쳐대는 미치광이 루펜달도 벌써 건물주가 됐다.

'나도 곧 건물주다!'

기회를 노렸다. 마침, 절대악이 마성격을 사용했고 청은이 절대악을 향해 달려들었다.

청은은 황급히 몸을 뒤틀었다.

'이런 미친……!'

레전드급 아이템 두 개의 도움을 얻고 있는데도 접근 자체가 쉽지 않다.

마성격을 운용하면서 한주혁이 물었다.

"뭐 하냐?"

기세 좋게 달려드는 것까지는 좋았는데 좀처럼 접근하지 못했다. 청은은 오히려 마성격이 뿜어내는 마창을 피하느라 거리를 더 벌렸다.

"어림없다며?"

불칸의 기사 청은이 씩씩댔다.

'도대체 뉴클리안은 언제 발사되는 거냐!'

물론 발사됐다. 이미 됐지만, 소용이 없었을 뿐. 그리고 일선에서 싸우고 있는 청은이 그 소식을 아직 접하지 못했을 뿐.

한주혁이 인상을 살짝 찡그렸다.

"니가 사람 새끼냐고 물었잖아. 형이 묻는 말에 대답 안 하냐?"

아니, 아무리 그래도 같은 NPC들이 많이 살고 있는데. 거기에 핵을 쏘다니. 아무래도 미친놈이 틀림없다.

청은이 마창을 쳐냈다. 벌써 팔이 저릿저릿했다.

'놈은…… 여유가 있는데.'

이쪽은 벌써 지쳤다. 이쯤 되면 인정할 수밖에 없다. 격의 차이가 존재한다는 것을.

'왜……! 어째서 놈이 퇴각하지 않는 거지?'

왜 승리를 축하하는 축포가 터지지 않고 있지? 분명히 놈의 빈집을 제대로 털었을 텐데. 뉴클리안의 위력이라면 놈을 당황시키기에 충분한데.

그때 한주혁이 말했다.

"너. 내 집에 뉴클리안 쐈지?"

순간이지만 청은이 찔끔 놀랐다. 그 잠깐 사이에 청은의 팔에 검은색 마창이 박혔다.

청은은 괴로운 듯 신음성을 내뱉었다.

"크윽……!"

"핵우산이라고 들어는 봤냐?"

핵을 쏘면 핵우산으로 막으면 된다. 말로는 아주 쉽다. 그리고 한주혁은 실제로 핵을 막아냈다.

"됐고, 너는 그냥 존나 맞으면 돼. 내가 좀 화났거든."

불칸의 기사, 청은은 대답하지 못했다. 파천보법을 펼치며 가까이 다가오는 한주혁의 주먹을 피해내느라 정신이 없었기 때문이다.

'나는 성의 가호를 받고 있다……!'

비록 성에서 나왔지만, 성의 가호를 받는다. 왕성의 특별한 고유 능력으로 성이 무너지기 전까지 자신은 데미지를 입지 않는다.

'성은…… 무너지지 않았어.'

놀랍게도 굴타 왕국의 성은 한주혁의 마성격을 버텨냈다. 과연 일반 영지의 성과는 그 급이 달랐다. 내구도가 조금씩 떨어지기는 했으나 왕국 소속 마법사들이 빠르게 움직여 내구도를 다시 회복시켰기에 결과적으로 성벽에는 그렇게 큰 무리가 가지 않은 듯했다.

솔직히 한주혁도 조금 놀랐다.

'왕국의 수도라더니, 단단하긴 단단하네.'

단단한 정도가 아니다, 예상외다. 마성격 한 방을 버텨내는 성벽이 존재할 줄이야.

'왕성의 성벽이 이 정도라.'

그것도 이름 높은 왕성도 아니고, 그저 그런 왕국의 왕성이 마성격을 버텨냈다.

'애초에 스킬 한 방에 왕성의 성벽이 무너지는 것도 이상하잖아?'

원래 영지전은 몇 날 며칠 걸리는 경우가 태반이다. 스킬 한 방에 무너뜨려 왔던 절대악이 이상했던 거다.

올림푸스 매니아에서도, JTBN채널에서도 이 상황을 심도 있게 다뤘다.

-헐. 절대악의 스킬을 막아냄?

-왕국 수도의 성답네. 대박이다. 절대악의 스킬을 처음으로 막아낸 성벽 아님?

-프루나에는 핵 떨어졌다 함. 근데 그냥 막아냈다 함.

-와, 이거 진짜 치열하네.

한쪽은 핵을, 또 한쪽은 핵우산을. 한쪽은 마성격을, 또 한쪽은 마성격에 대한 방어를.

-와, 대박이다. 진짜. 내 생애에 이런 영상을 라이브로 접할 수 있다는 게 기적 같다.

-이거 어떻게 될까?

-절대악은 거의 혼자나 다름없고, 저쪽은 많잖아. 이거 일단은 절대악이 뒤로 한발 물러서야 할 것 같은데.

-근데 또 시간 주면 절대악이 불리해지지 않음?

왕국 수도로 주변 영지의 군사들이 집결하고 있었다.

-시간 지나면 병력이 계속 밀려들 거임.
-성벽이 건재하다는 가정하에, 군사가 많아지면 절대악도 힘들어질 수 있음.

시간이 흐르면 절대악에게 불리하다는 예상이 많았다.

-어? 그런데 저거 뭐임?

그런데 그 '시간이 흐르면 절대악에게 불리하다는 예상'은 순식간에 처참하게 깨져 버렸다. 절대악의 공략은 단순히 마성격으로 끝나지 않았다. 사람들은 새로운 걸 봤다.

-지금 우리가 뭘 보고 있는 거임?

일반 사람들만 놀란 게 아니었다. 요즘 한국어 실력이 굉장히 많이 늘은, 파이라 대륙의 대부호이자 한주혁의 친구인 란돌 왕자도 놀랐다. 그는 100인치가 넘는 TV 화면을 바라보며 감탄했다.

"이거, 실화냐?"

굴타 왕국의 왕성은, 과연 왕성다웠다. 여태껏 모든 성을 스킬 한 번에 날려 버린 사기급 스킬 마성격도 왕성을 파괴시키지 못했다.

란돌 왕자도 그것을 바라보며 조금 착잡해하던 차였다. 제아무리 절대악이라고 해도, 그 대단한 절대악이라고 해도 왕성쯤 되는 성은 어떻게 하지 못하는구나.

'정규 군대를 갖춰야 하는 것인가.'

절대악의 독무대는 이제 끝일 수도 있다. 한주혁의 말에 따르면 언젠가 제국과도 한판 해야 할 것 같은데.

'겨우 왕성급인데도 이 정도라면.'

물론 이런 생각 자체가 어이없는 생각이기는 했다. 원래 영지전은 대단위 부대끼리 맞부딪치는 게 정상이다. 여태껏 절대악이 비정상이었던 거다.

어쨌든 겨우 왕성급(?)에 해당하는 성이 이 정도의 방어력을 가진다면, 결국 절대악도 진짜 군대를 만들어서 NPC들과 싸워야 할 수도 있다는 소리였다.

그런데 란돌 왕자의 생각은 틀렸다.

"앱솔루트 네크로맨서?"

앱솔루트 네크로맨서가 새로운 언데드를 하나 소환했다.

'뭐지?'

란돌 왕자도 처음 보는 언데드였다. 그 언데드의 이름은 쿠로스. 한때나마 스스로를 신이라고 불렀던 질투의 여신이다.

미인 대회를 끝내고 이주랑과 함께 워프한 천세송이 이렇게 말했다.

"이제 제가 도움이 될 수 있을 것 같아요."

천세송은 쿠로스를 소환한 직후, 꽃순이(이프리트)를 소환했다.

여태껏 이렇게 싸운 적이 없었다. 이렇게 싸울 필요가 없었으니까, 한주혁 혼자서 모든 걸 다 해결할 수 있었으니까.

'도움이 될 수 있어.'

쿠로스가 성벽 전체를 석화시켰다.

쩌적-! 쩌저적-!

곧 커다란 소리와 함께 왕성의 재질이 일시적으로 변했다. 생물체가 아닌 성벽 자체가 돌로 변해 버린 것이다.

"꽃순이!"

뒤이어 이프리트가 수천 개에 달하는 불덩어리를 쏘아냈다.

쿠구구구궁-!

돌로 변한 성벽과 이프리트의 불꽃이 맞닿았다.

성벽과 불꽃이 맞닿은 그곳에서, 번쩍! 하고 수차례나 스파크가 튀었다. 그 뒤에 이어지는 마성격의 검은색 마창. 란돌은

이 장면을 TV를 통해 지켜봤다.

"정작 싸우는 사람은 둘뿐인데……."

둘뿐인데 수십만 명이 한꺼번에 싸우고 있는 것 같다.

'이 타이밍에 앱솔루트 네크로맨서?'

여태껏 앱솔루트 네크로맨서는 적극적으로 전투에 참여하지 않았다. 그런데 이번에는 달랐다. 친구인 한주혁의 표정을 보아하니 무언가 수가 있기는 있는 모양이었다.

JTBN 소속의 기자가 차분히 상황 설명을 이었다.

-성벽의 내구도가 순식간에 떨어지고 있습니다.

란돌도 발견했다. 아까까지만 해도, 마성격을 버텨내던 성벽의 내구도가 급속도로 깎이기 시작했다.

'뭐지?'

어떻게 된 일인지 모르겠다. 화면 속 앱솔루트 네크로맨서가 말했다.

"꽃순이, 돌아가."

마나를 많이 잡아먹는 이프리트를 역소환시킨 뒤.

"일어나라. 죽음의 군단이여."

앱솔루트 네크로맨서가 자랑하는 죽음의 군단. 수십만에 달하는 벌레 군단이 모습을 드러냈다.

'벌레뿐만이 아냐?'

벌레 군단뿐만 아니라 온갖 언데드들이 모습을 드러냈다. 정확히 셀 수는 없지만, 그 수가 물경 백만에 이르렀다. 백만에 달하는 언데드 군단이 마창의 엄호를 받으며 성벽으로 몰려들었다.

천세송이 한주혁에게 정보를 전달했다.

만약 집단 대 집단. 그러니까 아군이 많이 있는 상황이었다면 육성으로 말했겠지만, 지금은 아니었다. 지금은 한주혁과 둘이 싸우는 상황. 귓말로도 충분했다.

-캐슬 브레이커 사용할게요.

-그래.

왕성급의 성을 부수러 왔는데, 아무 생각 없이 쳐들어오지는 않았다. 미친 듯한 속도의 쾌속 진군. 그것은 아무 생각 없이 빠르게 쳐들어왔기 때문에 가능했던 것이 아니었다. 대비책이 마련되어 있었기에 빠르게 쳐들어왔던 거다. 자신이 있었으니까.

천세송이 스킬을 사용했다.

-스킬. 캐슬 브레이커를 사용합니다.

백만에 달하는 언데드들이 성벽을 에워쌌다. 언데드들에게서 검은색 기운이 뭉실뭉실 피어올랐다. 엄청나게 많은 숫자의 벌레들이 성벽에 달라붙었다.

사각-! 사각-! 사각-! 사각-!

성벽을 갉아 먹는 듯한 소리가 들렸다. 그러나 소리뿐만이 아니었다.

굴타 왕국의 왕에게 급한 보고가 올라갔다.

"서, 성벽이 갉아 먹히고 있습니다!"

"그게 무슨 소리냐!"

성벽이 어떻게 없어진단 말인가.

"백만에 달하는 언데드들이 성벽을 갉아 먹고 부수고 있습니다."

굴타 왕국의 왕은 이 상황을 믿을 수 없었다. 아무리 언데드들의 숫자가 많고 강력해도, 어떻게 언데드들 따위가 감히 굴타 왕국의 성을 부수고 있단 말인가.

"언데드들 따위 태워 버렷! 마법사! 마법사들은 뭣들 하고 있는가!"

"그것이……."

그것도 쉽지 않은 상황이다. 절대악의 마성격이 언데드 군단을 물샐 틈 없이 호위하고 있기 때문이다. 더 정확히 말하자면, 마성격을 방어하느라 마법사들에게 여유가 없다. 군사들도 성벽 내에 숨어 있기 급급한 실정이고.

"절대악의 공격 때문에……."

"그럼 절대악을 죽여 버려!"

그렇다고 또 절대악만 신경 썼다가는 순식간에 성벽이 아작 나고 말 거다.

란돌이 '이거, 실화냐?'를 중얼거린 시점이 바로 지금이었다.

"이것이…… 절대악과 앱솔루트 네크로맨서가 한 팀으로 묶인 이유인가."

처음에 친구인 한주혁에게 얘기를 들었을 때, 어쩌면 제국과도 전쟁을 치르게 될 것 같다는 그 말을 들었을 때는 말도 안 된다고 생각했다. 절대악이 아무리 강하더라도, 플레이어는 플레이어고 NPC는 NPC니까. 그렇게 생각했다.

'그런데……'

돌아가는 상황을 보아하니 마냥 그런 것 같지도 않았다.

"절대악 혼자서는 제국을 못 이겨."

방금까지도 란돌은 그렇게 생각했다.

친구로서 한주혁을 굉장히 좋아하고, 또 영웅으로서 존경하고 있지만, 그것과는 별개였다. 에르페스 제국에 비하면, 아직 친구는 갈 길이 멀었다.

"그렇지만…… 앱솔루트 네크로맨서와 함께하는 절대악이라면……."

지금 당장은 아니어도, 언젠가는 제국을 집어삼킬 수도 있다는 생각이 아주 잠깐 들었다.

앞으로의 양상에 있어서 앱솔루트 네크로맨서의 존재는 점점 더 필수가 되어 갈 것 같다. 앱솔루트 네크로맨서, 그녀가 1인 군단이라는 말이 실감이 됐다. 그런데 그 1인 군단이 절대악과 한 팀이 됐다. 5,000만에 달하는 한국 국민들 중 하필이면 저 두 사람이 묶인 거다.

"이 얼마나 대단한 우연인가."

그는 감탄했다. 절대악과 앱솔루트 네크로맨서의 조합. 심지어 저 조합이 우정도 아니고 사랑으로 이어진 조합이다. 란돌이 보기에 그 누구도, 그 어떠한 것도 갈라놓을 수 없는 조합.

'만약 절대악이 앱솔루트 네크로맨서를 만나지 못했다면.'

혹은 그 반대로.

'앱솔루트 네크로맨서가 절대악을 만나지 못했다면.'

그랬다면 지금 판도가 어떻게 달라졌을지 모른다. 둘이 함께 만났기에, 둘이 시너지효과를 내고 있기에 지금 영지전을 이토록 쉽게 끌어가고 있는 것이 틀림없었다.

'그야말로 대박이군.'

란돌이 감탄하고 있을 때, 세계 플레이어들은 열광하고 있었다.

-역시 절대악이다.

-왕도 소용없음. 왕성도 저 정도면 그냥 X밥이지.

특히나 중국 플레이어들은 더더욱 열광했다. 그들은 현재 조금씩, 조금씩, NPC들에게 핍박받고 있었다. NPC들에게 억압되고 있는 중국 플레이어들이 보기에 NPC, 그중에서도 왕이 다스리는 영지를 쳐부수고 있는 절대악은 그야말로 세기의 영웅이나 다름없었다.

-절대악이 이긴다!

-왕성이 함락되기 직전이다.

중국 플레이어들은 절대악을 통해 대리만족을 얻었다. 우리
는 못하지만, 절대악은 할 수 있지 않은가.

-절대악에게 플레이 노하우를 배워야 한다.

-우리 중국도 할 수 있다.

그러고 보니 란돌 왕자가 일찌감치 한국에 자리 잡고 절대
악과 친분을 텄다는 얘기도 들었다.

-란돌 왕자는 언젠가 NPC들이 플레이어들을 배척할 것을 예상했다. 그래
서 미리부터 절대악의 플레이 노하우를 배우기 위해 한국에 정착한 것이다.

때아닌 한국 유학 열풍이 불기 시작했다.

-한국에서 배워서 돌아와야 한다.

-절대악이 되지는 못해도, 절대악이 태어날 수 있었던 환경을 배워와야
한다.

-좋은 땅에서 좋은 곡식이 나는 법. 내 아들은 한국으로 보낸다.

-그래야 우리 중국도 다시 일어설 수 있다.

한국의 플레이 환경. 한국의 모든 조건들을 배우고 답습해야 했다. 그래야 모르골 제국의 핍박으로부터 벗어날 수 있다고 그들은 그렇게 생각했다. 적어도 희망이 생겼다. 중국 플레이어들은 절대악으로부터 희망을 봤다.

결국 굴타 왕국의 성이 무너졌다. 핵을 사용한 것에 대한 보복으로, 한주혁이 본격적으로 움직이기 시작한 지 1시간이 채 되지 않은 시점이었다.

"성의 내구도가 다했습니다."

"회복하려면 최소 3일 이상이 걸립니다!"

성이 무너졌다. 이제는 성벽의 엄호 없이, 앱솔루트 네크로맨서의 대군과 절대악과 싸워야 했다.

불칸의 기사, 청은은 낙담했다.

'성이 있을 때도 어쩌지 못했는데.'

성의 엄호가 있을 때도 이기지 못했는데, 성이 무너진 지금은 더욱 어떻게 할 수 있을 리 없다.

그는 직감했다. 이 전쟁은 패배다. 믿을 수 없게도, 굴타 왕국이라는 번듯한 왕국이 단 두 명의 손에 무너지고 말았다.

'죽더라도……. 적어도 절대악 저 새끼는 죽이고 죽는다.'

청은은 다짐했다. 저 새끼, 그러니까 절대악만큼은 죽이고 죽는다고. 저놈은 반드시 델리트시킬 것이다. 그래야만 했다.

청은이 흐흐흐- 웃었다.

"이곳에서 힘을 잃으면. 네 세계에서도 힘을 잃겠지?"

그래서 사용하기로 했다. 소형화된 아주 작은 형태의 뉴클리안을.

이것은 아직 제국에도 보고가 올라가지 않은 청은의 작품이다. 밖에는 제대로 알려지지 않았지만 청은은 '뉴클리안 프로젝트'에 적극적으로 참여했던 NPC다. 그래서 불칸 내에서, 거의 영주에 근접할 만큼의 강력한 영향력을 행사할 수 있었던 거고.

"너는 이 자리에서 죽는다."

물론 자신도 죽는다.

'스카이 데블의 흔적을 남기며 죽어라.'

뉴클리안이 그렇다. 현실에서의 핵이 방사능을 남긴다면, 올림푸스의 뉴클리안은 저주를 남긴다. 이 저주는 절대악 때문으로 알려지게 될 거다.

그렇게 되면 분열된 여론을 이용해 제국도 힘을 모을 수 있을 거고, 절대악의 영지를 먹을 수 있게 될 거다. 그리고 남겨질, 자신의 가족들은 호의호식할 수 있을 거다.

그런데 그때.

"어……?"

청은의 몸이 빛무리에 휩싸였다. 한주혁도 그걸 발견했다. 가장 성가셨던 성벽도 무너뜨렸겠다. 이제 청은을 처리하려던 한주혁이 황급히 백참격을 날렸다.

-스킬. 백참격을 사용합니다.

백참격은 청은을 베지 못했다. 청은을 감싸고 있는 빛무리에 막혀 버렸다.

'백참격이 막혔어?'

백참격이 막혔다. 불칸의 기사 청은도 사라졌다. 표정을 보아하니 청은 스스로도 몰랐던 것 같다.

'제국 짓이군.'

제국에서 벌인 짓이다. 제국의 어느 고위 마법사가 했겠지. 그렇지 않고서야 상황 설명이 안 된다.

'왜 군이 청은을 살려갔지?'

그것까지는 아직 파악할 수 없었다. 살리려면 굴타 왕국 전체를 살리는 것이 낫지 않은가. 지금이야 일시적 평화 상태지만, 제국은 절대악인 자신을 그다지 좋게 보지 않으니까.

결국 굴타 왕국의 왕은 백기를 내걸었다.

"항복. 무조건적인 항복입니다."

전세계 플레이어들이 그 항복 선언에 열광했다. 플레이어와 NPC간의 영지전. 그것도 왕 대 왕급의 영지전에서, 플레이어가 승리했다. 역사의 한 획을 또 새로 그었다. 절대악이 말이다.

-굴타 왕국 국왕의 항복 선언을 받았습니다.

-크리스탈을 부수지 않아도 영지전의 승리자로 인정됩니다.

-굴타 왕국 국왕의 항복 문서를 직접 받아 드십시오.

-항복 문서가 인벤토리에 귀속되는 순간, 영지전은 종료됩니다.

다른 알림도 있었다.

-퀘스트. '보복 전쟁'과 관련한 업적은 영지전의 완전한 종료 이후에 업데이트됩니다.

한주혁이 어깨를 으쓱했다. 아직 완전한 종료는 되지 않았다. 항복 문서를 받아야만 영지전이 완전히 종료되지만, 어쨌든 전투는 끝났다.

"잘 생각했어."

아수라파천무를 쓸 작정이었다. 그랬다면 또 학살의 현장이 펼쳐졌을 텐데 다행히 그런 상황까지는 오지 않았다.

한주혁은 성문을 향해 걸었다. 서로간의 공격은 없었다. 이미 국왕이 항복 선언을 한 상태였으니까.

성문을 통과해서 걸어가는데, 한주혁이 씨익 웃었다.

'어라?'

시스템이 인정했던 항복이라 끝인 줄 알았는데, 뭔가가 더 있었다.

"이 새끼들 봐라?"

2장
아수라파천무의 위력

약 7분 전.

"이를 어떻게 하면 좋겠소?"

굴타 왕국의 국왕은 이런 상황을 생각지도 못했다.

그래도 왕성인데. 제국의 최상위 기사 NPC도 아니고 겨우 플레이어 따위에게 함락당할 위기에 처하다니. 이건 있을 수 없는 일이고 있어서도 안 되는 일이었다.

그런데 그 일이 실제로 일어났다. 이 일을 믿을 수 있든 없든, 그건 둘째치고서 일단은 대책 마련이 시급했다.

"이, 이대로면 10분을 넘기기 힘들 것 같습니다."

"그 사실은 나도 눈으로 봐서 알고 있소!"

국왕은 괜스레 구석에 고개를 수그리고 있는 갈튼 백작을 한 번 째려봤다.

'내 저놈의 꾐에 빠져드는 것이 아니었다!'

사실상 저놈이 미스 에르페스에서 개 같은 짓만 안 했더라면 이 사달은 일어나지 않았을 것이다. 물론 영지전 선택은 자신이 했고, 이쪽에서 먼저 참전 의사를 밝혔지만, 지금은 그런 건 중요하지 않았다.

"저 갈튼이란 놈을 당장 감옥에 처넣어라!"

전쟁을 하려면 적에 대한 정보라도 좀 가져왔어야 맞는 것 아니겠는가. 놈이 뭐라고 했던가.

절대악. 플레이어 중에서는 좀 유명한 축에 속하지만 그래도 NPC에 비하면 아무것도 아닌, 미약한 존재라고 하지 않았던가.

"절대악이 이렇게 강하다는 사실을 왜 숨겼지? 오호라. 네놈도 한통속이로구나!"

굴타 왕국의 국왕은 지금 화를 풀 곳이 필요했다. 그는 이성을 반쯤 잃었다.

"아니. 지금 당장 목을 잘라 버려!"

갈튼은 이렇게까지 될 줄 몰랐다. 원래 그는 왕과 제법 친하지 않았던가. 다른 신하들. 그리고 갈튼의 여동생(국왕의 첩이다)이 나서서 말렸기에 망정이지 아니었다면 정말로 목이 달아날 뻔했다. 그래도 감옥행은 면치 못했다.

갈튼의 눈에 눈물이 가득 차올랐다.

'내가 어쩌다……'

세상에서 가장 아름다운 여자를 발견했다. 그것까지는 좋았다. 그 여자가 플레이어라는 사실까지도 괜찮았다. 그런데 그 여자가 하필이면 절대악의 여자이면서 앱솔루트 네크로맨서라는 사실이 괜찮지 않았던 것 같다.

'이대로 무너질 수는 없다!'

갈튼이 한 가지 묘수(그가 생각하기에는)를 짜냈다.

"폐하. 노여움을 거두시고, 제 얘기를 한 번만 들어주십시오! 저 개 같은 절대악을 없애 버릴 수 있는 좋은 기회가 있습니다! 폐하! 지금 눈앞에 닥친 어려움만을 보시지 마십시오. 폐하의 뛰어난 안목을 믿으십시오! 폐하의 뛰어난 안목에, 아서 대륙의 가치가 들어오지 않았습니까! 아서 대륙입니다. 블랙 스톤을 낳는, 황금 대륙입니다, 폐하!"

노발대발하던 왕이 퍼뜩 정신을 차렸다.

"블랙 스톤?"

그렇다. 블랙 스톤, 세기의 보물.

"예. 폐하. 절대악은 제국에 블랙 스톤 10개를 선물로 보냈습니다. 어찌 한낱 플레이어 따위가 블랙 스톤을 그렇게 갖고 있었겠습니까? 이것은 바로 아서 대륙이 보물을 낳는 대륙이기 때문에 그랬던 것입니다!"

갈튼 백작은 굉장히 필사적이었다. 어쩔 수 없었다. 잘못하면 목부터 달아나게 생겼으니까.

"폐하! 폐하께는 고유의 권능이 있지 않으십니까! 놈에게 거짓 항복을 하십시오!"

국왕의 인상을 살짝 찡그렸다. 거짓 항복? 하려면 할 수는 있다. 자존심이 상할 뿐.

"플레이어 놈들은 시스템을 맹신합니다. 시스템이 항복이라 인정하면 별다른 의심 없이 성문 안으로 들어올 것입니다!"

갈튼은 필사적으로 말을 이었다. 왕급 NPC가 거짓 항복을 하면, 시스템적으로 항복으로 인정은 된다. 다만 왕급 NPC들은 거짓 항복을 어지간해서는 하지 않는다. 왕의 자존심이 깨져 버리니까. 그 사실을 갈튼도 안다. 그래서 계속 강조했다.

"블랙 스톤을 낳는 대륙을 얻을 기회입니다!"

"……."

"성문은 좁습니다. 속박 마법진만 펼친다면 놈이 몸을 피할 구석은 없을 것입니다."

성문을 빠져나오는 순간, 일제히 공격할 수 있는 여건이 만들어진다.

"게다가 2급 마법병기 킬러가 있지 않습니까?"

"그건 저번에 실패했지 않은가?"

"그때는 거리가 멀었습니다. 아시다시피 2급 마법병기 킬러는 가까우면 가까울수록 그 위력이 강력해지며 은밀한 사용이 가능해집니다."

"……."

거기에 더해, 보고가 계속해서 올라왔다. 성벽이 깨지기 직전이란다. 앱솔루트 네크로맨서와 절대악의 조합은 가히 상상을 초월했다. 그 보고를 들은 신하들의 얼굴이 하얗게 질렸다.

'절대악……!'

그들은 절대로 그 이름을 잊지 못할 것 같았다. 어떻게 둘이서 성벽을 박살 낸단 말인가. 플레이어의 소문을 믿지 않은 것이 화근이었다.

'그 소문들이……'

'소문들이 오히려 축소된 거였어.'

'소문보다 더 강한 것 아닌가?'

처음 마주하는 상황에 신하들도 패닉 상태인 건 매한가지였다. 사실상, 정말로 유능하고 똑똑한 신하가 존재하는 영지였다면 절대악과의 전쟁에 참여하지 않았겠지만.

그제야 NPC들은 왜 제국이 직접 절대악을 치지 않았는지 알 것 같았다.

'지금 같은 상황에서 마구 공격하기에는 리스크가 너무 컸던 거야.'

만약 절대악이 정말로 약했다면? 제국에서 아예 신경조차 쓰지 않을 만큼 약했다면 진작 기사 몇을 보내어 초토화시켰을 거다. 그런데 군이 특사를 보내가면서 일시적 화평 상태를 유지하고 있다. 이건 제국에서도 절대악을 만만하게 보지 않는다는 뜻으로 해석할 수 있었다.

그제서야 신하들은 깨달았다.

'잘못 건드렸다.'

'큰일이다.'

온건파와 강경파가 나뉘어 싸웠다.

"폐하! 정말로 항복해야 합니다. 놈의 위력을 두 눈으로 직접 보시지 않았습니까!"

"아닙니다, 폐하. 놈이 강력한 것은 사실이지만, 지금은 많이 지쳤을 것입니다. 지친 상태에 방심까지 한 상황. 그 상황에 일제 공격을 가할 수 있습니다. 거기에 마법병기의 힘까지 더해지면 능히 놈을 제압할 수 있을 것입니다!"

"아닙니다. 위험합니다. 폐하. 놈은 이미 플레이어의 수준을 아득히 벗어났습니다. 이미 초인의 영역에 들어섰을지도 모릅니다!"

갈튼 백작이 필사적으로 소리쳤다. 이 전쟁이 패배로 돌아가면, 자신은 죽는다. 절대악의 여자더러 옷을 벗으라고 명령했다. 그리고 그 여자를 상품으로 대하고 취급했다. 항복은 절대 있을 수 없는 일이다.

"이 비열한 겁쟁이들아! 폐하가 누구신지 잊었느냐! 폐하께서는 백전의 용사, 메리안서 폐하이시다! 이 위대한 왕께서! 어째서 블랙 스톤을 낳는 대륙을 포기해야 한단 말이냐!"

결국 결정권은 국왕에게 있었고, 국왕은 결정을 내렸다.

'거짓 항복을 하겠다……!'

도박을 해보기로 했다. 플레이어들이 철저히 믿는 시스템을 이용해서 방심을 유도한 뒤, 지근거리에서 마법병기 킬러와 군사들을 동원해서 포위 박멸하면 될 것 같다.

'블랙 스톤을 효과적으로 얻을 수만 있다면……!'

그러면 제국 내에서 제1의 왕국으로 거듭날 수도 있을 것이다. 그게 사실인지 아닌지는 차치하고서, 일단 그는 그렇게 생각했다.

"항복을 고한다!"

한주혁은 성문 안을 걸으면서 생각했다.

'아무리 봐도 항복이 아닌데.'

왜 공격을 준비하고 있는 것 같지. 아니, 왜 공격을 준비하고 있지.

'이 밖으로 나가면 공격하겠네.'

거짓 항복에 잠깐 속았던 건 맞으나, 완전히 방심한 건 아니었다.

'나를 속일 수 있다고 생각한 건가?'

책상에서 생각하면 그럴 수도 있을 것 같다. 위에서 명령만 내리면 뭘 알겠는가, 현장 경험이 없는데. 왕은 항복하겠다며 백기를 들었고, 평화적인 제스처를 취하고 있지만, 안의 군사들은 아니었다. 마법병기를 옮겨오고 잔뜩 긴장하고 있는 게 느껴졌다. 당장에라도 공격할 준비를 끝마친 듯했다.

한주혁이 스킬을 펼쳤다.

-스킬. 악신의 가호를 사용합니다.

방어 마법도 사용해 놨다. 그리고 걸었다. 마치 자신은 시스템의 항복 선언을 완전히 믿는다는 듯, 굉장히 방심한 것처럼 그렇게 휘적휘적 걸었다. 천세송은 밖에서 잠시 기다리라고 했다.

성문을 지나쳐서 영지 안으로 들어서자 곧바로 공격이 이어졌다. 그들이 할 수 있는 최선, 최고의 공격을 퍼부었다.

콰과과광!

폭발음이 터져 나왔다. 쏟아지는 공격에 구덩이가 파여갔다. 거기에 더해.

'이 느낌은……'

저번에도 느껴봤다. 2급 마법병기 킬러.

'가까이서 쏘는 것을 믿고 있었나 보네.'

빠르고 은밀한 것은 맞았다. 한주혁이 미처 반응하지 못했을 만큼 빨랐다. 그는 독침을 얻어맞았다.

'빠르긴 하네.'

그렇지만 빠른 게 다였다.

-외부의 기운을 감지합니다.

-파천심공이 외부의 기운에 반응합니다.

더 정확히 말하자면 '불꽃의 강화된 진 파천악심공'이 공격에 반응했다.

-외부의 힘에 완벽하게 저항합니다.

파천심공의 힘이 살갗을 파고든 독침에 내재되어 있는 특수 효과를 완전히 지워 버렸다. 살상 효과보다는, 정신 지배에 특화되어 있는 독침. 그것은 한주혁의 H/P도 전혀 깎지 못했고 정신 지배도 하지 못했다.

-속박의 기운이 느껴집니다.
-외부의 기운이 속박을 시도합니다.

눈에는 보이지 않지만, 심안에는 마나의 흐름이 보였다. 거미줄 같은, 어찌 보면 그물 같은 마나가 자신을 덮쳐오는 것이 느껴졌다. 목소리도 들려왔다.
"죽여! 죽여 버려!"
저 목소리는 갈튼의 목소리였다. 이 전쟁의 발단이 된, 갈튼 백작의 목소리. 그 목소리는 굉장히 필사적이었다. 그러나 한주혁은 매우 평안했다.

'그래도 왕성급이라고.'

H/P자체에는 큰 영향이 없지만 움직임은 불편했다. 쏟아지는 마법과 화살 공격 때문에 운신이 자유롭지 못했다. 아프지는 않지만 귀찮은, 제대로 움직일 수는 없는 딱 그 정도 느낌.

-스킬. 초인의 영역-1을 사용합니다.

모든 능력을 대폭 향상시켜 주는, 한주혁에게 새로운 세계를 열어준 스킬이 빛을 발했다.

-공격속도/이동속도가 1.5배만큼 증가합니다.
-물리 공격력/물리 방어력이 2배만큼 증가합니다.
-HP/MP 절대량이 3배만큼 증가합니다.
-비물리 공격력/비물리 저항력이 4배만큼 증가합니다.
-'초인의 영역'을 제외한 모든 스킬의 쿨타임이 1/5로 감소합니다.

한주혁의 능력이 대폭 강화된 만큼, 그에게 쏟아지는 공격이 느려지고 약화되었다. 체감적으로는 그렇게 느껴졌다.

갈튼 백작이 쉬지 않고 외쳤다.

"쉬지 마라! 쉬지 말고 공격을 쏟아부어라! 놈이 절대 죽지 않는 괴물이라 생각하고! 나 스스로가 죽기 직전까지 사력을 다하여 놈을 죽여 버려라!"

쏟아지는 공격에, 구덩이가 이미 10미터 이상 깊게 패였다. 흙먼지와 마법이펙트 때문에, 안에 누가 있는지 없는지도 보이지 않았다.

갈튼은 입술을 깨물었다.

'무조건 죽여야 돼!'

확실하게 죽을 때까지 공격해야 한다. 마법사들이 탈진하는 한이 있어도 말이다.

"끓는 쇳물은 준비 다 됐나!"

"됐습니다."

"얼른 쏟아부어 버려!"

끓는 쇳물을 따로 준비했다. 마나로 특수 제련한 쇠를 녹여서 만들었다. 살아 있는 인간이라면 이 쇳물 구덩이에서 살아남을 수 없을 것이다. 사실 그에게 있어 지금 아서 대륙은 중요하지 않았다. 오로지 절대악을 델리트시키는 것만이 그의 관심사였다.

그런데 위쪽에서 목소리가 들려왔다.

"뭐 하냐?"

그와 동시에 한주혁은 '초인의 영역'을 펼친 상태로 '아수라 파천무'를 사용했다. 스킬명을 말해주는 친절함은 없었다.

"내 여친한테 뭐라 했냐?"

친절함 대신.

"넌 뒤졌다."

라는 말만 들려왔다. 그와 동시에 현재 한주혁이 사용 가능한 모든 스킬들 중, 가장 강력한 파괴력을 발휘하는 아수라파천무가 전장을 휩쓸었다.

JTBN 기자가 드론을 활용한 촬영 기법으로 영지 안을 촬영했다. 절대악이 아수라파천무를 사용하는 그 순간이, 카메라에 포착됐다.

"……."

기자조차도 감히 입을 열지 못했다. 말을 할 수가 없었다.

'…….'

약간의 시간이 흐른 뒤에야 그는 정신을 차렸다.

전 세계에, 절대악이 아수라파천무를 사용하는 영상이 공개됐다. 영상 속 결과는 가히 충격적이었다.

드론 촬영 기법으로 영지 내를 촬영하고 있는 JTBN 소속 기자의 이름은 이상호였다.

과거 SBN 소속이었고, 한주혁으로부터 은혜를 입었던 그 기자. 이상호 기자는 JTBN 내에서 꽤 괜찮은 대우를 받는다. 그만큼 실력이 있었기 때문이다. 과거, 자신만의 특수 능력을 활용하여 절대악의 아수라파천무를 일부나마 잡아낸 전적까지 있을 정도다.

'이번에는 반드시.'

제대로 된 풀 영상을 잡을 수 있다고 생각했다.

'절대악의 모습을 전 세계에 선보인다.'

절대악. 한주혁은 이상호의 은인이다. 그를 촬영할 때에는 혼신의 힘을 다한다. 아무리 사소한 것이라도, 절대악에게 좀 더 유리하게 혹은 좀 더 멋있게 나오도록 유도한다.

기자로서 그다지 바람직한 태도는 아니라고, 스스로 그렇게 생각했지만 어쩔 수 없었다. 그도 사람이었으니까.

'제발……!'

-스킬. 극한 촬영 기법을 사용합니다.
-스킬. 마나 드론 강화를 사용합니다.

그의 몸이 파란색으로 잠깐 빛났다. 포션 없이 세 가지 스킬을 한꺼번에 사용할 수 없어서 M/P포션을 사용한 것이다.

-스킬. 노이즈 제거를 사용합니다.

절대악이 강해지는 동안, 자신도 많이 강해졌다 생각했다. 절대악이 무력으로 강해졌다면, 자신은 기자의 본분에 맞도록 강해졌다.

'절대악의 발뒤꿈치에도 미치지 못하지만.'

능력은 그렇다. 절대악의 스킬 앞에서, 자신은 단 1초도 버틸 자신이 없다. 그러나 이건 절대악과 대적하며 싸우는 상황이 아니다. 단순히, 절대악이 사용한 스킬에서 발생하는 노이즈와 싸우는 것뿐이다. 그 노이즈를 이겨내고, 재밍 현상을 뚫고서 절대악의 모습을 담아내는 것. 그거면 됐다.

'할 수 있다!'

그리고 결국 그는 성공했다. 그의 강화된, 마나로 만들어진 드론이 결국 아수라파천무가 주변을 초토화시키는 과정을 담아냈다. 무려 3분 동안이나.

그 영상은 JTBN을 통하여 전 세계에 송출되었다.

NPC 중 하나가 비명을 질렀다.

"크아아아악!"

그런데 그 비명은 오래가지 못했다. 검은색 잿더미가 되어버렸기 때문이다. 갈튼 백작은 바닥에 주저앉았다. 다리에 힘이 풀렸다.

'이, 이, 이……'

눈앞에 보이는 검은색 운무. 그리고 그 사이를 뚫고 내리치는 수많은 검은색 번개들.

'이, 이, 이⋯⋯.'

마치 검은색 폭풍우에 갇혀 버린 것 같은 느낌이었다. 대자연 앞에 마주한 것 같은 그런 기분. 압도적인 파괴력을 가진 대자연 앞에서, 인간이 할 수 있는 것은 아무것도 없었다. 적어도 지금 이 순간, 갈튼 백작은 그렇게 느꼈다.

'아⋯⋯ 아⋯⋯ 아⋯⋯.'

머릿속이 그저 새하얗게 변했다. 하늘에서 땅으로 내리꽂히는 검은색 번개는 삶을 허용하지 않았다. 스치기라도 했다가는 즉사였다. 절대악 주변을 둘러싼 모든 NPC가, 단 한 명의 예외도 없이 검은 잿더미가 되어갔다.

"으아아아악!"

일부 NPC가 도망을 치려고 발을 놀렸지만 헛수고였다.

한주혁이 마음먹고 스킬을 사용했다. 사실 한주혁도 NPC를 잿더미로 만들어 버리는 것은 약간 꺼려졌다. 아무리 게임 속 NPC라고 할지라도 그들 역시 인격을 가지고 있고 따지고 보면 이 세계의 원주민 같은 존재들이니까. 그리고 아주 특별한 경우가 아니면, 플레이어처럼 부활하지 못하니까.

그래서 그도 NPC를 함부로 죽이지는 않는다. 하지만 할 때는 해야 했다.

'보복 전쟁을 시작했으니까.'

일반 퀘스트가 아니다. 무려 메인 히든 퀘스트라 이름 붙은 '보복 전쟁'을 이끌어가야 한다. 그 가운데에 어쭙잖은 동정 같은 건 필요 없다. 할 때는 확실히. 맺고 끊음을 확실히 해야 했다. 무섭게 몰아칠 때는 무섭게 몰아치는 것이 맞다.

한주혁 본인도 놀랐다.

'나도 놀랍네.'

초인의 영역에 들어선 상태로 아수라파천무를 사용하자, 그 느낌이 완전히 달라졌다. 예전에는 그냥 불어닥치는 폭풍우였다면, 이제는 스스로 컨트롤이 가능한 폭풍우가 되었다. 물론 그 폭풍우의 위력은 과거와는 비교조차 할 수 없을 만큼 강력해진 상태.

갈튼 백작의 목소리가 들려왔다.

"사, 사, 사, 사……."

아마도 살려달라고 말하려는 것 같은데 갈튼 백작의 입이 제대로 움직이지 못했다.

"닥쳐."

갈튼 백작이 딸꾹질하기 시작했다.

딸꾹. 딸꾹.

말이 나오지 않았다.

'으…… 아…… 어…… 어…….'

머릿속으로도 아무런 생각을 할 수 없었다. 사고 자체가 정지되어 버린 것 같았다. 말도 안 되는 폭풍우, 아수라파천무 속에서 그가 할 수 있는 것은 아무것도 없었다.

한편, 왕궁의 지하 밀실에서 상황을 지켜보던 굴타 왕국의 국왕은 자리에 주저앉고 말았다.

"지, 지금 저 능력은 무엇이란 말이냐?"

그의 주변에는 그가 가장 믿고 아끼는 신하들 다섯이 있었다. 평소 왕은 그들을 신뢰했다. 무언가 어려운 일이 생기면 그들에게 묻곤 했다. 왕이 생각하기에 이 신하들은 굉장히 유능했다.(물론, 정말로 유능했다면 절대악과 전쟁 따윈 하지 않았겠지만)

"뭐, 뭐라고 말들 좀 해보시오!"

영상 속에 보이는 것이 진실인지 거짓인지 헷갈렸다. 눈으로 보고 있지만 믿을 수 없었다.

쿠구구구구궁-!

마치 왕궁이 무너지는 것만 같은 소리가 들려왔다.

"으어억!"

굴타 왕국 국왕은 다리에 힘이 풀려 주저앉았다.

"바, 방금 이건 뭐요?"

지하가 울렸다. 1급 마법병기의 포격 속에서도 안전하다고 알려진 지하 밀실이다. 지하 밀실을 설계한 NPC가 그렇게 말했다. 1급 마법병기의 포격 속에서도, 이 지하에 있으면 안전할 거라고. 그런데 이거 좀 이상하다.

"무, 무너질 것 같지 않소?"

"폐하. 진정하십시오. 이 밀실은 무조건 안전합니다. 1급 마법병기의 포격에도 버티는 시설입니다."

그와 동시에.

투두둑-!

돌가루가 천장에서 떨어져 내렸다.

쩌적-!

그리고 벽에는 금이 가기 시작했다.

왕을 진정시키려던 신하들은 동시에 생각했다.

'무너지겠다.'

'설계가 잘못되었나?'

'어쩐지 사기꾼 새끼 같더라니.'

'1급 마법병기의 포격을 버틴다고? 이런 개 같은······!'

물론, 15년 전 이 지하 밀실 건설을 추진한 NPC들이 바로 이곳에 모여 있는 핵심 NPC들이다.

그들은 이 시설을 설계할 때에, 설계 업체로부터 대단히 많은 리베이트를 받았다. 만약 현실의 누군가가 상황을 알았다면 '너네도 방산비리냐?'라고 물었을지도 모를 상황.

투두두둑-!

처음에는 돌가루가 땅에 떨어졌다면 이제는 아니다. 돌가루가 아니라 돌무더기가 떨어져 내렸다.

쩌적-! 쩌저적-! 쩍-!

금이 거미줄처럼 퍼지기 시작했다. 이건 위험했다.

"폐하. 탈출하셔야 합니다."

"탈출하여 도대체 어디로 간단 말이오! 밖이 안보다 안전하겠소?"

굴타 왕국의 왕은 진심으로 후회했다.

'내가 잠시 보물에 미쳤었다.'

아서 대륙? 보물을 낳는 대륙? 그런 게 다 무슨 소용이란 말인가. 지금 파묻혀 죽게 생겼는데. 일평생 이런 공포를 느껴본 적이 없다. 이대로 있으면 정말 죽게 생겼다.

쿠구궁-!

천장에서 아예 바위가 떨어졌다. 무너지기 일보 직전. 그 바위가 하필이면 국왕의 코앞에 떨어졌다. 그 바위에 얻어맞아 죽을 뻔했다.

신하들이 다급하게 외쳤다.

"폐하! 탈출하여 방법을 모색하여야 할 것 같습니다!"

그런데 왕이 조금 이상했다. 말을 제대로 할 수 없는 상태였다.

"폐하?"

왕의 바지 밑에서 누런 액체가 흘러나왔다. 공포에 질린 나머지, 바지에 오줌을 지려 버리고 말았다.

그는 실성한 사람처럼 중얼거렸다.

"항복…… 항복…… 항복을 해야 한다……!"

의식적으로 했다기보다는, 무의식적으로 항복 설정을 '거짓'에서 '진실'로 바꿨다. 그의 고유 능력. 딱 한 번 변환 가능한 고유 능력을 통하여 진짜 항복으로 바꿨다.

한주혁에게 알림이 들려왔다.

-굴타 왕국의 국왕으로부터 진정한 의미의 항복을 받아냈습니다.

-완벽한 항복으로 인정됩니다.

-시스템 최상위 등급 명령으로 더 이상의 번복은 불가합니다.

그에 따라.

-영지 내에 안전지대가 설정됩니다.

-영지 내의 전투가 불가로 설정됩니다.

안전지대가 설정되었고 한주혁도 아수라파천무의 운용을 멈췄다. 주변에 살아 있는 생물체는 찾아볼 수 없었다. 그저 검은색 잿더미들만 쌓여 있을 뿐.

이상호 기자의 마나 드론이 거의 너덜너덜해진 상태로 주변을 날아다니다가 틱! 하고 땅에 떨어져 부서졌다.

한주혁은 광역 탐지와 심안을 사용해서 주변을 한 번 더 훑었다.

'결국…… 청은은 놓쳤나.'

어디로 사라졌는지 모르겠다. 아마도 제국이 청은을 살려 간 것 같다. 왜인지는 모른다. 제국에 있어서 청은이 중요한 존재인가.

'원거리에서 내 공격을 막아내고, 청은을 살려갈 수 있는 실

력자들이 제국에 존재한다는 거네.'

놀랍지도 않은 사실이지만 다시 한번 확인했다.

땅에 떨어진 마나 드론이 꿈틀거렸다. 마지막, 혼신의 힘을 다하여 조금이라도 더 많은 순간을 담으려는 것 같았다. 드론에 잡힌 마지막 광경은, 바지가 흥건히 젖은 국왕이 워프로 모습을 드러내서 한주혁 앞에 무릎을 꿇고 엎드리는 것이었다.

결국. NPC와 플레이어 사이에 벌어진, 전 세계 최초의 영지전은 플레이어의 승리로 돌아갔다. 그것도 일반 영지전이 아닌, 왕급과의 영지전에서 플레이어가 이겼다.

전 세계가 열광했다.

3충성은 기뻤다.

'얻었다.'

빈틈을 노렸다. 노리고 노리고 또 노리니, 길이 열렸다.

'레전드급 아이템.'

평소라면 불가능했겠지만 아주 잠깐의 틈이 생겼다. 청은이라는 놈. 절대악에게 된통 깨지고, 저도 모르게 워프를 당하는 사이 3충성은 놈의 아이템을 스틸했다.

'매지컬 콜렉터의 위엄이다!'

그리고 그는 논리적으로 생각했다.

'이걸 절대악에게 주면……!'

무려 두 개의 레전드급 아이템이다. 적어도 자신에게 몇억 은 떨어질 것 같았다. 물론 절대악에게 비밀로 이 레전드급 아 이템을 팔아먹어도 평생 놀고먹을 수 있다. 하지만 그는 논리 적인 인터넷 논객.

'절대악에게 잘 보이는 게 훨씬 이득이지.'

그는 인정하지 않고 있지만, 어느새 그의 무의식 속 롤 모델 은 루펜달이 된 지 오래다. 절대악에게 잘 보이면 건물이 생기 고 땅이 생긴다. 꿈속에서만 가능하리라 생각했던 건물주가 가능해진다.

결국 그도 봤다.

'진짜로 이겨 버렸네.'

이길 거라고 생각은 했는데 정말로 이렇게 이겨 버릴 줄은 몰랐다.

'역시 내 생각은 안 틀렸어.'

다른 건 다 모르겠고 절대악에게 잘 보이는 게 최고다. 루펜 달이 형렐루야 형멘! 을 외치는 게 이해가 좀 될 것 같기도 했다.

그의 의식은 거부했지만, 그의 무의식이 이렇게 생각했다.

'잘 보이고 싶다……!'

그리고 그는 무의식이 시키는 대로, 엎드린 국왕 앞에 선 절 대악을 향해 뛰어갔다. 스스로는 인지하지 못했지만, 제3자가 보기에는 한없이 비굴한 태도로 말이다. 귓말도 보냈다.

-레전드급 아이템 두 개 얻었습니다!

한주혁은 레전드급 아이템 두 개를 얻었다는 귓말에 집중하지 못했다. 레전드급 아이템도 물론 좋지만, 그것보다 훨씬 중요한 알림이 이어졌기 때문이다.

-퀘스트. '보복 전쟁'을 일부 클리어하였습니다.

일부 클리어. 이건 당연했다. 완벽한 클리어는 결국 제국까지 쳐야 하는 것이니까.

-보복 전쟁 내에 포함된 'EP 01. 굴타 왕국'을 클리어하였습니다.

보복 전쟁이라는 거대한 흐름 속 하나의 작은 퀘스트를 클리어했다. 작지만 작지 않은 퀘스트, 무려 메인 히든 퀘스트라는 거창한 이름을 가진 퀘스트를 일부 클리어했다.

-업적으로 인정됩니다.
-'EP 01. 굴타 왕국' 클리어에 대한 보상이 주어집니다.

퀘스트창이 업데이트됨과 동시에 보상 알림이 이어졌다.

3장
절대악과 적대악

-'EP 01. 굴타 왕국' 클리어에 대한 보상이 주어집니다.
-굴타 왕국의 국왕이 가지고 있던 권한들이 대폭 이전됩니다.

한주혁이 예상했던 알림들이 먼저 이어졌다.

-굴타 왕국에 대한 소유권이 플레이어 아서 님에게 귀속됩니다.
-추후 에르페스 제국의 관리가 파견되면 공식적인 인정을 받게 됩니다.
-굴타 왕국 휘하 11개의 영지가 아서 님에게 귀속됩니다.
-굴타 왕국 휘하 11개의 영지의 충성심을 확인할 수는 없습니다.

현재 한주혁은 파라스를 완전히 점거했다. 핵을 사용해서 죄 없는 민간인 NPC까지 몰살한 불칸을 완전히 초토화시켰다. 나머지 약 6개의 영지는 대충 성만 부수고 진격했다.

'사실상, 충성심을 기대하기는 어렵지.'

다른 영지의 NPC들이 반란을 일으킬 수도 있다는 얘기다. 이건 차후 해결해야 할 문제다. 어쨌든 서류상으로, 또 시스템적으로 그곳들의 주인은 이제 자신이 됐다.

-굴타 왕국의 모든 재산권이 플레이어 아서 님에게 귀속됩니다.

그래도 제국에 속한 왕국이다. 아주 허접하지는 않다는 뜻이다. 11개의 영지에 속한 재산들도 일단은 한주혁 소유가 됐다. 여기까지는 예측했다. 보통 영지전에서 승리하면, 패배자 영주의 권한과 재산을 승리자 영주가 갖게 되는 것이 일반적이니까.

여기서 승리자가 어느 정도의 재량을 베푸느냐가 차후 문제인데, 한주혁은 재량을 베풀 생각이 전혀 없었다. 다른 것도 아니고 불칸을 부추겨 핵을 쓰지 않았는가. 이런 놈에게 베풀 아량 같은 건 없었다.

예상하지 못했던 보상도 이어졌다.

-굴타 왕국 국왕의 숨겨진 고유 능력 '거짓 항복'이 주어집니다.

한주혁을 잠시나마 속였던 거짓 항복에 대한 알림이었다.

'이게 고유 능력이야?'

활용하기에 따라서는 상당히 유용하게 써먹을 수 있을 것 같다. 이놈들처럼 허접하게 쓰지만 않는다면 말이다.

'그렇다는 건……'

왕급 정도 되는 NPC들은 각자의 고유 능력을 하나 정도는 갖고 있을 확률이 높다는 뜻이 된다.

'영지전에서 이기면 개꿀인 거네.'

알림이 계속해서 이어졌다.

-EP 01. 굴타 왕국' 클리어 보상으로 '대군주의 직인'이 주어집니다.

'대군주의 직인?'

뭔지 모르겠다.

'인벤토리.'

<대군주의 직인>

대군주를 증명하는 도장입니다. 이것은 아서 대륙을 포함한 플레이어 아서에게 귀속된 모든 영지를 담보로 하는 것으로, 대군주의 약속이 담긴 공증문서를 만들 수 있는 능력을 가지고 있습니다.

도장 형태의 아이템이었다.

'공중문서를 만들 수 있는…… 도장이라.'

글쎄.

'좀 애매하네.'

공중문서를 만들 수 있는 건 좋은데. 아서 대륙과 영지 전부를 걸어야 한단다. 공중문서에 기록된 내용을 제대로 지키지 않으면 자신 소유의 모든 것이 넘어간다는 얘기인가.

'쓸데없는 걸 줬을 리는 없어.'

메인 시나리오와 연계되는 성좌 퀘스트만 하더라도, 쓸데없는 아이템을 보상으로 줬던 적은 없다. 분명 쓰임새는 있을 거다. 지금 당장은 모르겠지만.

시르티안으로부터 귓말이 왔다.

-주군. 곧 제국에서 관리를 파견할 것입니다.

한주혁도 알고 있다. 영지전이 끝난 후, 영지들의 상황을 점검하기 위하여 제국 관리가 파견된다.

-내가 체크해야 할 점은?

-뉴클리안의 비인도적인 능력을 어필하셔야 합니다.

뉴클리안은 분명 불칸 혼자 만든 게 아니다. 제국의 입김이 분명 있었다. 불칸의 핵심 인사 중 한 명인, 불칸의 기사 청은을 살려간 것만 봐도 그렇다. 그러나 제국 역시 이 뉴클리안이라는 무기를 대놓고 드러내지는 못하는 상황이다. 굳이 불칸이라는 대리자를 내세워 개발했을 정도니까.

-그리하여 주군의 학살에 정당성을 어필하시는 것이 좋을 것 같습니다.

명분을 얻기 위함이다.

-거짓 항복에 관하여 너무 자세한 것은 얘기하지 않는 것이 좋을 것 같다고 판단됩니다. 제가 정보를 파악해 보았으나, 굴타 왕국의 국왕에게 거짓 항복 능력이 있다는 사실은 파악하지 못하였습니다. 왕의 비밀 능력인 모양입니다.

시스템마저 잠시나마 속일 수 있는 거짓 항복. 굴타 왕국의 국왕은 이 능력을 가지고 있다는 사실을, 제국에는 알리지 않았던 것 같다.

한주혁이 말했다.

"네 고유 능력을⋯⋯ 나는 파악했다. 곧 제국의 관리가 오겠지."

"⋯⋯."

국왕은 두 눈을 크게 떴다. 거짓 항복을 했던 것이 세상에 알려지면 얼마나 부끄러운 일이겠는가. 왕으로서, 영주로서 마지막 남아 있던 자존심마저 와장창 깨져 버릴 것이다.

"나는 네 마지막 자긍심을 위하여, 이것에 관한 얘기는 하지 않도록 하겠다."

"폐⋯⋯ 폐하⋯⋯!"

굴타 왕국의 국왕은 한주혁을 폐하라 높이 부르며 눈물을 왈

칵 쏟았다. 자신의 마지막 자존심은 지켜주겠다는 것 아닌가.

한주혁이 딱딱한 말투로 말을 이었다.

"멋진 승부였다고 할 수는 없으나."

"……."

"그래도 한때나마 군주였던 자의 자존심을 지켜주려 한다."

"감사합니다……!"

꼼짝없이 죽었다고 생각했다. 그런데 목숨을 구한 것에 이어, 자존심까지 지킬 수 있었다.

이에 왕은 한주혁이 생각하지 못한 제안까지 했다.

"제, 제가 영지들을 순방하며 폐하께 진심으로 항복하도록 권유하겠습니다."

충성심을 확인할 길이 없는, 다른 영지들을 굴타 왕국의 왕이 직접 돌면서 진심으로 항복을 권유하겠다는 얘기다.

한주혁이 고개를 끄덕였다.

"또한 뉴클리안에 비인도적인 면이 있었음을 인정하는 것이 좋을 것이다."

"뉴, 뉴클리안은 불칸의 단독 소행입니다. 저는 그런 무시무시한 무기를 개발하고 있는지 전혀 모르고 있었습니다."

한주혁이 손을 살짝 들어 올렸다.

그 모습에 압도당한 국왕은 깜짝 놀랐다. 오줌이 찔끔, 또 새어 나왔다. 물론 한주혁은 폭력을 행사하려던 게 아니다. 그냥 머리가 조금 간지러웠을 뿐.

머리를 긁적인 한주혁은 국왕을 지그시 쳐다봤다.

'그게 불칸의 단독 소행이 아니라는 건 너도 알고 나도 알아.'

모두가 알고 있다. 하지만 겉으로는 다르게 얘기했다. 뉴클리안에는 제국까지도 관여되어 있다. 이놈은 몸통도 안 된다. 지금 당장 들쑤셔서 얻어낼 수 있는 게 별로 없다.

"불칸이 개발한 그 무기가 민간인 NPC마저 무차별적으로 학살했지. 끔찍한 무기였다."

"그, 그렇습니다. 왕국과는 아무런 상관이 없습니다."

제국 관리가 파견되었다. 전 굴타 왕국의 왕이 에르페스 제국 관리에게 제대로 어필했다. 지금 새로이 왕이 된 아서는 대군주에 잘 어울리는 왕이라고. 그리고 뉴클리안은 불칸이 단독 개발한 무기로서, 끔찍한 무기가 맞다고.

제국에서 파견된 NPC가 고개를 끄덕였다.

"모든 상황을 이해했습니다."

자신이 보고 들은 모든 정보를 서류로 작성하여 황궁으로 가져가 황제에게 소상히 보고 올리겠단다. 제국의 관리 NPC가 최종적으로 말했다.

"에르페스 제국 황제 폐하의 허락을 득하여. 이 시간부로 굴타 왕국은 플레이어 아서에게 속한 것임을 선포합니다."

흑흑연합의 로랑이 한국을 찾았다. 중국을 대표하는 플레이어, 중국인들의 자존심. 절대악을 제외하면 이 세상의 그 어떤 플레이어보다도 강력하다고, 중국인들이 그렇게 믿고 있는 로랑이 한주혁에게 허리를 숙였다.

　"진심으로 축하드립니다."

　"감사합니다."

　"이것은 특별한 방식으로, 매우 소량만 재배되는 용정차입니다. 승전 선물로 가져왔습니다."

　로랑은 어떻게 하면 절대악에게 좀 더 잘 보일 수 있을까, 어떤 선물이 좋을까를 고민했다. 돈으로 살 수 있는 건 의미가 없었다. 어차피 돈으로 살 수 있는 건, 절대악도 돈으로 다 살 수 있으니까.

　그래서 선택했다. 자신의 아버지가 직접 재배하고 있는 녹차를 선물하기로. 매우 소량만 재배되는 것으로, 최고의 품질을 자랑하는 용정차다.

　"고맙습니다."

　다행히, 절대악은 이 선물이 마음에 드는 것 같았다.

　로랑은 만족했다. 오늘은 말 그대로 승전을 축하하기 위하여 이 자리를 찾았을 뿐 별다른 의도는 없다. 단순히 절대악과의 좀 더 가까운 관계를 위하여 일부러 비행기를 타고 서울을 찾았다. 더 정확히 말하자면 더 잘 보이고 싶어서, 그래서 이곳을 찾았다.

그런데 이러한 생각을 한 사람은 로랑뿐만이 아니었다.

"실제로 뵙는 것은 정말 오랜만이군요."

미국 최고의 연합, 어벤져스 연합의 연합장인 캡틴도 한주혁의 대저택을 찾았다. 캡틴은 직접 언어 번역기(올림푸스 문물이다)까지 공수해서 대저택을 방문했다.

"이거 괜히 제가 방해만 하는 것은 아닌가 걱정되네요."

그리고 활짝 웃으며 말했다.

"이것은 단순히, 절대악의 승리가 아니라고 생각합니다."

그는 대단히 흥분했다. 얼굴이 조금 붉어지기까지 했다.

"이것은 전 세계 인류의 승리이자 역사를 뒤바꿀 수 있는 위대한 전투로 기록될 것입니다."

사실 위대한 전투로 보기에는, 전투 참여자가 몇 명 없기는 했지만 어쨌든 결과로 보면 대단한 게 맞긴 맞았다. 캡틴이 조심스레 말을 이었다.

"저희 미국에서 일어나고 있는 불온한 움직임들은 신경 쓰지 않으셔도 좋을 것 같습니다."

"불온한 움직임이요?"

한주혁은 고개를 갸웃했다. 불온한 움직임이라니, 뭔지 모르겠다. 캡틴이 너스레를 떨었다.

"하하하. 아무것도 아닙니다."

속으로는 침을 꿀꺽 삼켰다. 절대악은 모르고 있는 것 같다. 미국 내에서 일어나고 있는 우경화 움직임. 약간의 백인 우월주의가 가미되어 있는, 미국 제일주의 움직임. 이 움직임을 절대악은 모르고 있었다.

'아니. 모르고 있는 게 아냐.'

단순히 모르고 있는 건 아닌 것 같았다. 무식한 것과는 느낌이 아주 많이 달랐다.

'신경 쓰지 않아도…… 되는 거겠지.'

실제로 절대악은 신경 쓰지 않는 것 같았다.

사실 보통의 평범한 사람이 살면서 지구에 개미가 몇 마리 존재하는지, 세계에 자동차가 몇 대쯤 존재하는지. 그런 것쯤 몰라도 세상 사는데 지장이 전혀 없다. 절대악에게 있어서 미국의 우경화 바람은 그냥 딱 그 정도인 것 같다.

'무식해서 모르는 것이 아니라.'

그저.

'신경 쓰지 않아도 되기 때문에 모르는 거야.'

말 그대로 절대자의 위엄 같은 거랄까. 적어도 캡틴은 그렇게 느꼈다.

본의 아니게 한주혁의 배포(한주혁 본인은 배포라고 생각하지 않고 있지만)에 압도당한 캡틴은 약간 어색하게 하하- 웃을 수밖에 없었다.

로랑과 캡틴만 한주혁의 승리를 축하한 게 아니었다. 전 세계가 열광했다. 이것은 전 세계의 승리나 다름없었다. 인류가 NPC 왕을 상대로, 처음으로 승리한 것 아닌가.

세계인들이 열광하는 상태. 한국 국민들은 더욱더 열광했다. 조해성 대통령마저도 한주혁을 찾아 축하했을 정도니 말 다했다. 조해성은 한주혁에게 직접 축하 인사를 건네고, 아예 기자회견까지 열어 절대악을 축하했다.

이것은 대한민국의 국격을 한층 더 높여주었다. NPC의 왕을 굴복시킨 절대악이 한국에 존재하는 것만으로, 한국의 국격이 미친 듯이 뛰었다.

LZ연합의 연합장, 구본부의 얼굴에도 웃음꽃이 피었다.

"귀하 덕택에 저희 그룹의 시가총액이 엄청나게 뛰었습니다."

"저 덕분에요?"

"귀하께서 한국에 존재하기 때문에. 한국 국민이기 때문에. 한국 기업인 저희가 그 수혜를 톡톡히 누리고 있는 것입니다."

심지어 LZ연합이 경우, 한주혁과 긴밀한 관계 아닌가. 국내 투자자들은 물론이거니와 해외의 투자자들도 LZ연합의 가치를 매우 높이 평가했다.

"비단 LZ연합뿐만이 아닙니다."

지금은 거의 와해되었지만, 어찌 됐든 쇄신하여 명맥을 이어가고 있는 신성, 현델 등의 연합들도 덩달아 성장하고 있다.

"절대악이 한국의 국민인 덕택에 한국의 모든 기업과 연합의 위상이, 국격이 높아지고 있습니다."

구본부는 속으로 생각했다.

'주랑아, 주랑아. 우리 이쁜 손녀야……!'

진작에 이런 남자를 붙잡았어야지. 아쉽고 또 아쉬웠다. 보면 볼수록 너무 탐나는 남자다.

이제는 탐나는 수준을 뛰어넘어 거의 경외를 보내야 할 정도의 위치까지 올라서기는 했지만, 어쨌든 지금도 탐나는 남자다. 구본부는 어디 이런 남자 또 없나. 그렇게 생각하다가 이내 고개를 절레절레 저었다.

'이런 사람이 한 명 더 있었으면 세계 역사가 바뀌었겠지.'

세계인들과 대통령, 대연합장들이 열광했다. 한국 국민들, 특히 할렐루야의 연합원들은 더더욱 열광했다.

-심지어 그 새끼들 핵까지 사용했음.

-핵우산 봤음? 난 팬티 네 장 갈아입음.

-그런 게 핵우산이지.

에르페스의 핵마저도, 절대악을 어떻게 하지 못했다.

-그럼 이제 굴타 왕국이랑 파라스 영지. 이런 곳도 플레이어한테 개방되는 거임?

-절대악이 왕이 되었으니 아마 그럴 거 같음.

공정한 경쟁. 노력하면 납득할 수 있을 정도의 보상을 얻는 것. 절대악이 지향하는 가치가 그런 것 아니겠는가.

-대박이다. 진짜.

-지금 어떤 기사 보면, 국가 브랜드 가치로 한국이 일본을 앞질렀다는 기사도 있음.

절대악의 승리는 이토록 커다란 파장을 낳았다. '세계의 역사는 절대악의 등장 이전과 등장 이후로 나뉜다'라는 제목의 칼럼이 조회수 100만을 넘기는 기염까지 토하며 실시간 이슈 1위에 선정되기도 했다.

세계는 이토록 열광하지만, 정작 한주혁은 그 열광에 동참할 시간이 별로 없었다.

'바쁘네.'

절대악으로 활동했는데 적대악으로도 활동해야 한다. 나타나고 사라지는 시기가 교묘하게 겹치면 안 되니까 다른 방법도 사용해야 했다.

'분신 마법을 잘 활용해서 하면 어떻게 되겠네.'

일단은 적대악인 앤서로 접속했다. 앤서 앞으로, 시스템 알림 메시지가 이미 들어와 있었다.

'이건……!'

기다리고 기다려 왔다.

'드디어 보상이 책정되었나 보네.'

보상이 많이 늦어지기는 했다.

'늦어진 이유가 있겠지.'

시기적으로도 묘했다. 절대악이 승리한 그 시점, 그때가 되어서야 보상이 주어졌다. 제국의 특사로서, 아서 대륙에 파견되었던 것에 대한 보상이 말이다. 보상을 받을 곳의 위치는 듀퐁 백작의 영지.

한주혁이 듀퐁 백작의 영지로 향했다. 에르페스 제국이 적대악 앤서에게 하사하는, 메인 시나리오 퀘스트의 선물. 조금 기대가 됐다.

'과연 뭘 줄 거냐?'

에르페스 제국. 황제가 기거하는 곳, 황궁. 그곳의 가장 깊숙하고 은밀한 곳. 특별한 이름 없이 '그곳'이라 일컬어지는 곳은 늘 어두웠다. 빛 한 점 없는. 그 누구도 육안으로는 서로의 얼굴을 확인할 수 없는 곳이다.

어둠 속에서 누군가가 말했다.

"결국 절대악이 굴타 왕국을 흡수했습니다."

그 누군가도 주변에 누가 있는지 모른다. 이 자리에는 황제가 있을 수도 있고 없을 수도 있다. 원래대로는 그렇다. 그러나 그들은 알고 있었다. 이 자리에 황제는 없다. 지금 에르페스 제국에서, 황제는 유명무실한 존재였으니까.

황제 대신 대공이 이 자리에 함께하고 있을 확률이 매우 높았다. 애초에 이 자리는 대공이 주최하는 것이기도 했고.

또 다른 누군가가 말했다.

"압도적인 무력을 선보여 굴타 왕국을 먹어치웠다고 하더군요."

"결국 절대악의 힘을 미리 확인해 본 것은 꽤 괜찮았던 선택인 것 같습니다."

그들은 서로의 얼굴을 모른다. 누가 말하는 건지도 모른다. 목소리가 변조되기 때문이다. 입구에서부터 철저한 통제를 받고 시각과 청각이 모조리 차단된 상태로 '그곳'으로 이동된다. 이곳의 구조를 정확하게 아는 이는 대공과 황제뿐이라 알려져 있다.

"뉴클리안은 불칸의 단독 소행으로 단정 지어야 할 것 같습니다."

절대악의 형세가 불리했다면, 절대악이 '스카이 데블의 후예'라고 주장하면서 씨를 말려 버릴 생각이었는데 아무래도 그건 힘들 것 같다. 절대악이 생각보다 훨씬 강했다.

"청은은 어떻게 했습니까?"

"현재 황궁 내에서 보호 중입니다. 뉴클리안의 개발을 맡길 것입니다. 아직 미완성 단계이긴 하지만, 실제로 절대악이 뉴클리안을 막아내기까지 했었습니다. 완성시켜야 할 필요가 있습니다."

불칸의 청은. 그를 키워야 했다. 뉴클리안을 완벽하게 만들어야 하니까. 대외적으로 청은을 내세우기로 했다.

다음 안건으로 넘어갔다.

"적대악은 절대악과 직접 싸우지 않았더군요."

"그게 좀 묘합니다."

적대악과 절대악이 나타나고 사라지는 시기가 교묘하게 일치하는 경향을 보이고 있다.

"듀퐁 백작에게 입김을 불어넣어, 절대악과 굴타 왕국이 전쟁을 하도록 부추긴 사람이 적대악이었습니다."

"그리고 적대악이 모습을 드러내는 그 시점에, 절대악은 모습을 감추었고, 절대악이 활약하는 그 시점에, 적대악은 보이지 않았습니다."

절대악은 그렇다 치더라도, 적대악은 절대악에게 대항해야 하는 클래스 아닌가. 적어도 지금 이 시점에서, NPC들은 그렇게 판단하고 있었다.

누군가가 말했다.

"적대악과 절대악이 동일인일 가능성도 배제하지 않을 수 없습니다."

그런데 또 누군가가 반박했다.

"그럴싸한 가정입니다만, 그것은 불가능합니다."

"어째서 불가능하다고 단정 지으시는 겁니까?"

기분이 조금 나쁘긴 했지만, 예의를 잃지 않고 되물었다. 지금 서로 누구와 대화하는지 모른다. 상대가 대공일지도 모른다. 대공에게 잘못 보이면, 아무리 이 자리에 있는, 말 그대로 제국의 암중 실세인 자신이라 해도 위험할 수 있다.

"절대악과 적대악이 30분 이상 대화를 했어야, 특사 퀘스트가 클리어됐을 테니까요. 자기 스스로와 대화를 할 수 있다 보십니까?"

물론.

"분신 마법이라는 변수가 존재는 합니다만."

그도 그 사실을 알고 있다. 그래서 따로 손을 조금 썼다.

"제대로 된 분신 마법은 진작 통제를 했습니다. 시중에 유통되는 분신 마법은 아예 없을 것입니다."

애초에 분신 마법은 흔하지 않은 마법이다. 마법으로도 흔하지 않고, 마법서로는 더더욱 흔하지 않다. 수량이 거의 없다고 해도 과언이 아닌 마법서를 통제까지 했으니, 플레이어인 적대악이 그것을 구하기란 불가능에 가까울 것이다.

"마탑에 소속되지 않은 마법사들 중 분신 마법서를 만들 수 있는 마법사들에게는 이미 손을 써놓았습니다."

"……."

처음에 절대악과 적대악이 동일인일 수도 있다는 가정을 내놓은 NPC는 말을 잇지 못했다.

'대공이다.'

상대가 대공이라는 것을 눈치챘다. 목소리도 다르고 말투도 다르고 얼굴도 보이지 않았지만, 대공이라고 확신했다.

"분신 마법서를 만들 수 있는 마법사들은 몇 없는데, 그중 한 마법사와 적대악이 만난 정황을 포착하였습니다."

그래서 마법서에 손을 써놓았다.

"만약 적대악이 그 마법서를 사용하여 분신 마법을 썼다면 30분 내에 미치광이가 되어 날뛰었을 것입니다."

"……그렇군요."

상대가 대공이라고 확신하고 있는 상황. 반론을 제기하지는 않았다.

"그 마법서는 완벽하지 않은 마법서니까요. 게다가 악 속성의 기운을 조금이라도 가진 인간이 그 마법을 익히는 즉시 핵이 폭발합니다."

그것을 막는 방법은 없다. 딱 하나 예외가 있다면, 최소 신급 이상의 등급이라 할 수 있는 최정상급 심공이나 마나 컨트롤 능력을 익히고 있는 경우. 그것밖에는 없다. 그것도 까다롭다. 성 속성의 컨트롤 능력이 있어야 하니까.

"고대의 문물을 제외하고서, 그 정도의 심공이나 마나 컨트롤 능력을 가질 수는 없습니다. 마법을 비롯한 모든 문물이 눈부시게 발전해 온 것은 맞으나, 기본이 되는 심공만큼은 고대의 유산을 뛰어넘지 못했으니까요."

만약 고대의 유산을 뛰어넘을 수 있을 정도의 기본심공, 마나 컨트롤 능력이 있다면.

"스카이 데블의 후계자 정도쯤 되면 모르겠군요."

"스, 스카이 데블……!"

에르페스 제국의 여론을 하나로 통합시켜 버릴 정도의 커다란 이름. 악마의 이름이라는 스카이 데블.

에르페스 NPC들은 태생적으로 '스카이 데블'이라는 것을 혐오한다. 그렇게 설정되어 있기도 했고, 또 그렇게 교육받기도 했다. 세상을 어지럽히는 악의 힘, 그것을 스카이 데블로 규정 짓고 있다.

"하지만 지난 수백 년간 모습을 드러내지 않았던 스카이 데블의 후계자가 갑자기 모습을 드러낼 가능성이 얼마나 된다고 보십니까?"

사실 '스카이 데블'은 존재하지 않는다. 에르페스 제국 NPC들은 그렇게 생각했다. 지난 수백 년간, 스카이 데블은 나타나지 않았으니까.

다만, 국론이 분열될 때. 국민들에게 공포가 필요할 때. 정치를 하는 데 있어서 무언가 필요한 것이 있을 때. 그때 필요한 것이 바로 '스카이 데블'의 존재였다. 최정상급 NPC들은 이를 일컬어 '악풍'이라고 불렀다.

"모두 알다시피, 스카이 데블은 존재하지 않습니다. 허구의 적입니다."

존재하지 않지만, 반드시 존재하게 만들어야 했다. 그게 정치의 기본이다. 그들은 그렇게 생각했다.

"설령 절대악이 스카이 데블의 후계자라 해도 괜찮습니다."

그렇다면 전설 속 스카이 데블의 심공을 익히고 있겠지. 그러한 육체로 '작업을 미리 해놓은' 마법서로 분신 마법을 익힌다? 자살행위다.

"아까도 말씀드렸듯, 분신 마법을 익히려면 신급 이상의 성 속성 마나 컨트롤 능력이 있어야 합니다."

스카이 데블의 후계자가 성 속성의 마나 컨트롤 능력을 익힌다?

"굳이 뉴클리안이 아니어도 몸속에서 두 마나가 부딪쳐 즉사할 것입니다. 고대에서도 그건 불가능했습니다."

"……듣고 보니 확실히 그렇군요."

요약하면 이렇다.

1. 적대악은 원래부터 분신 마법을 제대로 익힐 수가 없다.

2. 어찌어찌 익히더라도 폭발해서 죽는다. 신급 이상의 성 속성 심공이 있다면 그나마 익힐 가능성이 있다.

3. 물론 그런 심공은 없겠지만, 있다 치더라도 분신 마법을 써서 퀘스트를 성공시킬 수 없다.

4. 혹여 적대악과 절대악이 동일인이었다면, 신급을 뛰어넘는 두 심공이 반발하여 죽었을 것이다.

어쨌든 결론은 적대악과 절대악이 동일인일 수는 없다는 얘기다. 거기에 더해, 새로운 누군가가 회의에 참여했다.

"늦어서 죄송합니다. 들어오면서 들으니 이번 안건은 절대악과 적대악에 관한 이야기인 것 같군요."

새로운 소식을 전했다.

"현재 절대악과 적대악은 서로 다른 곳에서 활동하고 있습니다."

또 누군가가 말했다.

"이번 안건은 마무리하겠습니다. 적대악과 절대악이 동일인일 수도 있다는 의심론은 의심에서 그치도록 하겠습니다. 지금은 대도와 칸트에 더 집중해야 할 때입니다. 플레이어의 일은 플레이어에게 맡기도록 합니다. 적대악에게 적극적인 지원을 하도록 하지요."

듀퐁 백작의 눈이 커졌다.

"오오옷! 이, 이런 귀한 것을!"

보상을 내어주는 듀퐁의 손이 떨렸다. 그도 처음 보는 아이템이다. 한주혁에게 알림이 들려왔다.

-퀘스트. '제국의 특사'가 완벽히 클리어되었습니다.
-퀘스트 보상을 확인하시겠습니까?

새로운 아이템이 인벤토리에 들어왔다. 아이템의 이름은 '루

덴의 천갑옷.'

과연 어떤 아이템이길래 듀퐁이 저런 반응을 보이는 건지. 한주혁도 내심 궁금했다. 재빨리 인벤토리를 열었다.

'인벤토리.'

<루덴의 천 갑옷>

세계 12대 초인 중 한 명이었던 루덴이 사용했던 천 갑옷. 루덴의 특수한 능력을 품고 있다.

등급: 신

내구력: 9999/9999 (자체 회복)

옵션:

　1) 형태 변형

　2) 신급 미만의 악/마 속성의 모든 공격을 상당 부분 방어.

　(말카노의 귀걸이와 효과 중복 적용 시, 신급 미만의 악/마 속성 모든 공격 완벽 방어. 신급 이상의 악/마 속성 모든 공격 일정 부분 방어.)

　3) 레전드급 미만의 악/마 속성의 모든 공격을 방어.

　(말카노의 귀걸이와 효과 중복 적용 시, 신급 미만의 모든 악/마 속성 공격 상당 부분 방어. 단, 2 옵션과 중복되는 옵션이므로 유효 효과는 없음.)

　4) 모든 물리 공격 데미지 반감.

+상세설명

상세설명도 확인했다.

<상세설명>

　루덴의 천 갑옷은 여전히 세계의 미스터리 중 하나입니다. 어떠한 재질로 만들었는지, 누가 만들었는지 확인할 수 없는 매우 뛰어난 무구로써, 고대의 갑옷 장인이었던 쿤텐마저도 루덴의 천 갑옷을 보고 졸도했다는 일화는 매우 유명한 일화입니다.

　루덴의 천 갑옷은 자유자재로 형태를 변형할 수 있으며, 모든 물리 데미지를 반감시키는 특수 효과를 가지고 있습니다. 천 갑옷의 내구도가 존재하는 한, 특수 효과는 유효합니다.

　특히 악/마 속성에 뛰어난 효과를 발휘합니다. 또한 루덴의 천 갑옷은 다른 갑옷 아이템과 중복 적용 가능한 아이템으로, 갑옷 안에 덧대 입을 수 있습니다.

　단, 내구도의 소모가 빠를 수 있으니 주의를 필요로 합니다. 자체 회복하는 성질을 지녔지만, 완전히 파괴되면 복구할 수 없습니다.

한주혁이 아주 잠깐 눈을 감았다.

'아니, 이 정도면 사기 아니냐?'

형태를 마음대로 조정하여 입을 수 있단다. 머릿속으로 이미지화하는 대로, 그 이미지를 받아들여 변하는 특수한 능력을 가진 무구다.

'말카노 귀걸이랑 같이 쓰면 신급 미만의 모든 악/마 속성 공격은 완전 방어고.'

거기에 더해.

'신급 이상의 악/마 속성 공격도 일부 방어 가능? 개사기네.'

그렇다는 말은 레벨 1짜리 개허접도 무구 두 개만 같이 쓰고 있으면, 적어도 악/마 속성 개체에게는 어지간하면 죽지 않는다는 얘기이기도 했다. 말카노의 귀걸이와 함께 쓰면, '절대악'에게는 최악의 상성 아이템.

'절대악 입장에선 이렇게 개 같은 아이템이 없는데.'

그런데 그걸 얻어버렸다. 아주 좋다. 원래부터 절대악은 밸런스와는 무관한, 전부 씹어먹는 클래스. 좋은 게 좋은 거 아니겠는가.

'또 하나.'

한 가지 사실을 더 캐치했다.

'성좌 퀘스트와 연계되는 퀘스트가 맞네.'

세계 12대 초인 아이템은 성좌 퀘스트를 통해 얻을 수 있다. 여태까지는 그래왔다. 적대악 퀘스트는, 결국 성좌 퀘스트의 연장선이라고 볼 수 있었던 것 같다.

'역시 큰 흐름으로 이어져.'

성좌 VS 절대악. 개인 대 개인의 작은 시나리오였던 이것이,

이제는 제국 VS 스카이 데블이라는 커다란 시나리오로 확대
되고 있다. 성좌 퀘스트가 아닌, 제국 퀘스트를 통해 보상을
얻을 수 있었으니까. 그리고 이 보상은 추후 절대악과 싸울 때
에 매우 큰 힘을 발휘하는 아이템이니까.

듀퐁은 또 식은땀을 흘렸다.

'오옷!'

왜 식은땀이 나는지 모르겠다. 이상하게도, 이 남자 앞에 있
으면 식은땀이 난다. 착한 거 같긴 한데 괜히 무섭다.

"안녕히 가십시오! 오오옷! 듀퐁! 듀퐁을 잊지 말아주십시
오! 오오옷! 듀퐁은 착한 백작입니다! 오옷!"

한주혁이 가볍게 고개를 끄덕였다. 그렇다, 듀퐁은 착하다.
바람을 불어넣어, 굴타 왕국을 집어삼킬 수 있도록 도와준 일
등 공신이기도 하다.

같은 시각. 그러니까 적대악 앤서가 듀퐁 백작과 대화를 나
누고 있는 그 시점에 절대악 아서는 프루나에 입성했다.

NPC들이 대로에 나와 눈물을 흘리며 꼬꼬가 새겨진 깃발
을 세차게 흔들었다.

"대군주 아서! 천세! 천세! 천천세!"

"천세! 천세! 천천세!"

광장에 결집한 수만 명의 NPC가 박수를 쳤다.

짝짝짝짝!

박수 소리가 광장을 가득 채우고, 하늘을 가득 채울 정도였

다. 당연하게도 이 광경은 JTBN 카메라와 핵초리의 카메라, 그리고 수많은 기자들에 의해 촬영되었으며 전 세계로 송출되었다. 인류 최초의 위대한 승리였으니까.

한주혁은 개선장군으로서, 상대 영지를 정복한 군주로서, 프루나 NPC와 플레이어들의 열렬한 환영을 받으며 복귀했다. 한주혁은 6마리의 흑마가 이끄는 마차에 올라앉아 손을 흔들며 웃어주었다.

-프루나 영지민의 절대적인 신뢰를 받고 있습니다.
-카리스마가 상승합니다.
-카리스마가 상승합니다.

한주혁 옆에는 이 전쟁을 승리로 이끄는 데 결정적인 도움을 주었던 앱솔루트 네크로맨서가 활짝 웃으며 손을 흔들고 있었다.

그녀는 속으로 이렇게 생각했다.

'오빠, 내가 내조 잘할게!'

현재 한주혁은 정상 상태가 아니다. 지금 분신 마법을 써서 교란 작전을 펼치고 있는 중이다. 복잡한 행동은 못 한다.

적대악 앤서에 거의 대부분의 정신력을 쏟고 있고. 절대악 아서는 그저 손 흔들고 웃기만 하는, 인형에 가까웠다. 그래서 천세송이 옆에 바짝 붙어서 내조하고 있는 중이다.

'맨날 맨날 내조하고 싶다!'

요즘 그녀에게는 꿈이 생겼다. 내조의 여왕. 웃기지만, 그게 꿈이다. 얼마간 시간이 흘렀을 때. 그러니까 아서인 한주혁이 영주성에 들어와 의자에 앉았을 때. 베르디가 폴짝폴짝 뛰면서 '주군은 역시 최고셔요. 이토록 마법활용을 잘하실 줄이야. 베르디는 조마조마했답니다!'라고 외칠 때, 한주혁은 분신 마법을 취소했다. 절대악인 아서에 집중해야 할 때니까.

'세계 12대 초인 아이템 중 하나까지 손에 얻었고.'

일이 술술 풀려가고 있다. 대퀘스트, 메인 시나리오를 잘 클리어해 가고 있는 듯한 기분이 든다.

'이제 여기에 더해서.'

이게 끝이 아니다. 적대악으로서 받은 것이 있다면 절대악으로서 받아야 할 것이 아직도 남아 있다. 제국에 무려 블랙스톤 10개를 보내면서 화친의 메시지를 보내지 않았던가. 제국 측에서도 가만히 있을 수는 없을 터. 제국도 응당 성의 표시를 해야만 했다. 적대악 앤서에게 보상을 내렸으니, 이제 절대악 아서에게도 보상을 내릴 때가 됐다.

그 보상은 시르티안을 통해 전해졌다. 시르티안이 보고를 올렸다.

"첫째. 대륙의 독립성을 완벽하게 인정한다는 내용입니다."

"그냥 말장난이네."

원래부터 인정하고 있었는데. 그냥 말장난이다.

"둘째. 향후 10년간, 대륙에서 발생하는 모든 수익에 대해 비과세하겠다고 약조하였습니다."

"……."

이건 좀 마음에 든다. 블랙 스톤 10개를 준 것에 비하면 별 거 아닐 수 있지만, 그래도 10년간 모든 세금 면제라니. 괜찮은 조건이다.

"셋째로 주어진 보상이 특이합니다."

"특이하다라?"

"셋째. 에르페스 황궁에서 태초의 불꽃을 선물하였습니다."

"태초의 불꽃?"

그게 뭔지 모르겠다. 과연 의미 있는 보상인지. 이 보상이 어떤 보상인지 확인하기 위하여 인벤토리를 열었을 때, 한주혁은 잠시 말을 잇지 못했다.

'이거, 재미있겠는데.'

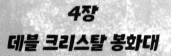

4장
데블 크리스탈 봉화대

태초의 불꽃과 관련된 설명을 확인했다.

<태초의 불꽃>

에르페스 제국 황궁에 있는 '태초의 제단'에는 성스러운 불꽃이 불타오르고 있습니다. 태초의 불꽃은 이 태초의 제단에서 떼어낸 불꽃으로 강력한 소생의 힘을 가지고 있습니다.

태초의 불꽃으로 점화된 불은 그 지속성이 일반 불보다 훨씬 더 뛰어나며, 매우 밝습니다. 그러한 성질 덕택에 태초의 불꽃은 봉화대를 밝히는 불꽃으로도 사용되곤 했습니다.

사용횟수: 2/2

태초의 불꽃. 에르페스 제국에서 하사한, 말하자면 불의 씨

앗이라고 볼 수 있다. 인벤토리 내에, 작은 불꽃 모양으로 표시되는 태초의 불꽃. 한주혁은 마지막 설명에 주목했다.

'봉화대를 밝히는 불꽃이라.'

한주혁은 이미 봉화대에 관한 것을 알고 있었다. 예전에 팬더로부터 잠깐 들었는데 높은 지능 덕분에 바로 떠올릴 수 있었다. 요즘 할 일이 너무 많아 제대로 돌아보지 못했으나 분명 중요한 역할을 할 것 같아서 기억해 두고 있었다.

한주혁이 아서 대륙 탐사에 열을 올리고 있는 팬더를 불러들였다.

"팬더. 이 불꽃에 대해서 어떻게 생각하지?"

"주군, 이것은……."

팬더의 얼굴에 감탄의 빛이 서렸다.

"에르페스 제국에서 준 것입니까?"

"맞아."

"에르페스 제국은…… 실리를 취하는 대신에 같잖은 명예를 준 것이라 사료됩니다."

원래는 그렇다. 사실상 이 '태초의 불꽃'이라는 건 별거 아니다. 에르페스 제국이 '태초의 불꽃'이라고 이름 붙인, 조금 특별한 불씨일 뿐이다.

"그렇긴 하지."

일반적인 NPC나 플레이어들이 보면 '에르페스 제국 황궁 내에 있는 위대한 불꽃을 하사한 것' 정도가 된다. 보통은 감탄할 만한 일이며, 또 굉장한 명예라고 할 수 있다. 다만 그걸 받은 사람이 절대악일 뿐.

'일반적이라면 구린 게 맞아.'

여기서 명예를 얻는다고 뭐가 좋아지겠는가. 명예 좀 얻어 봐야 남는 게 없다. 왜냐하면 한주혁은 이걸 얻기 위해 블랙스톤 10개를 투자했기 때문이다.

블랙 스톤 10개와 에르페스 제국이 주는 명예. 둘 중 하나를 선택하라고 한다면 무조건 블랙 스톤 아니겠는가.

"에르페스 제국에서도 머리를 좀 쓰긴 한 모양인데."

"그렇습니다. 하지만 그것이 이렇게 큰 복으로 돌아오게 되는 것은, 주군의 인덕이 하늘에 닿은 덕분입니다."

"……."

'그래. 너도 참 중증이다.'

에르페스놈들이 수작을 좀 부린 게 맞긴 해. 겉으로 봤을 때는 엄청 좋아 보이지만, 사실 별다른 이득은 없는 불꽃을 준 거니까. 그게 나한테 엄청 도움이 될 거 같다는 것도 맞아. 그런데 그거랑 내 인덕이랑 무슨 상관이냐.

한주혁은 굳이 그 말을 하지는 않았다. 어쨌든 팬더의 생각과 자신의 생각이 일치하는 것은 확인했다.

"그럼 한 번 탐사해 볼까?"

"그 명령을 목 놓아 기다리고 있었습니다, 주군!"

"네가 생각하는 곳과 내가 생각하는 곳이 같겠지?"

"그렇습니다. 주군."

둘의 의견은 정확하게 일치했다. 태초의 불꽃, 사용횟수는 2회. 사용 용도는 불꽃을 피워 올리는 것.

한주혁에게는 불꽃을 피워 올려야만 하는, 어떤 필드를 이미 탐사해 놓았다. 그 불꽃을 피워 올릴 수 있는 방법을 모르기도 했고 바빠서 방치해 놓았었지만, 이제는 아니다.

"장로들을 소집할까요?"

아서 대륙 내에 존재하고 있는 필드. 팬더가 발견했던 필드가 있다. 이름은 '데블 크리스탈 봉화대'. 예전 악마의 대저택을 클리어하고 받았던 '데블 크리스탈'과 연관이 있다고 생각하고 있던 필드다. 아서 대륙 내에 있고 제국의 감시가 닿지 않는 곳이기에, 장로들과 함께 클리어해도 될 것 같다.

한주혁이 씨익 웃었다.

'이쪽의 자치권을 당분간 완전히 인정해 준다고 했지.'

특별히 이쪽을 감시하기 위한 세력이나 관리를 파견하지 않았다. 지금 그들은 이쪽보다는, 대도 블랙과 젊은 영웅 칸트를 견제하는 것에 더 집중하고 있으니까.

"장로들과 함께 움직인다."

장로들의 능력도 정확한 능력도 한번 볼 겸. 같이 움직이기로 했다.

한주혁은 팬더의 안내를 받아서 이동했다. 꼬꼬를 타고 한참을 날아 이동해야만 했다.

'일반 플레이어들은 찾아오기 힘들겠는데.'

그곳은 워프 포탈도 개방되어 있지 않은 상태로, 굉장히 험준한 산맥 두 개를 넘고 물 한 방울 구할 수 없는 사막 하나를 통과한 뒤에야 비로소 모습을 드러냈다.

'전체적으로 옛 성벽의 모습을 하고 있고.'

형태가 완전히 같다고는 보기 힘들었으나 한국의 고성 같은 느낌이 있다. 높이는 약 7미터, 둘레는 약 2㎞ 정도 되는 것 같고, 돌로 쌓아 올린 그 성의 중심부에는 '데블 크리스탈 봉화대'라고 이름 붙은 봉화대 하나가 보였다.

선두는 절대악인 한주혁. 그 뒤로 장로 여섯 명이 섰다. (나머지 여섯은 혹시 모를 상황에 대비하여 대기 중이다.)

베르디가 흐음, 하고 주변을 살펴봤다.

"원래는 정교한 마법트랩이 설치되어 있던 것 같사와요. 9장로님이 트랩을 해제시킨 것인가요?"

제 9장로 팬더가 고개를 끄덕였다. 꽤 오랜 시간이 지났음에도 불구하고 트랩이 복구되지 않았다.

"복구되지 않는 타입의 트랩이었던 것 같습니다."

제 2장로 요르한이 주변을 살폈다.

"주변에 플레이어 기준으로는 꽤 강력한 몬스터들도 존재했던 것 같은데."

"봉화대 파수꾼이라 이름 붙은 인간 형태의 몬스터들이 존재했습니다. 방망이와 갑옷으로 무장하고 있으나, 실질적인 공격 무기는 머리에 달린 두 개의 뿔이었습니다."

"추정 레벨은?"

"약 200 정도 되었던 것 같습니다만 확실하지 않습니다. 개체마다 편차가 굉장히 컸습니다."

한주혁은 팬더의 말을 들으며 조금 이상함을 느꼈다.

'레벨 200 정도.'

저번에도 이상함을 느끼긴 했었다. 자신이 파천보법을 전력으로 펼쳐 도망쳤는데, 행정 NPC인 시르티안이 자신을 무리 없이 쫓아왔다.

'지금은 탐사 NPC인 팬더가……'

레벨 200대인 몬스터들을 무리 없이 처치했다는 얘기가 된다. 물론 레벨 200대 몬스터가 그렇게 강력한 건 아니다. 레벨 300대인 문 타이거도 자신에게는 상대조차 되지 않았다.

다만, 자신은 공격과 방어에 특화된 클래스이고, 팬더는 탐사에 특화된 클래스라는 게 다를 뿐.

'얘네들의 끝은 어디야, 도대체?'

결국, 이들은 클래스와 별개로 기본 능력치 자체가 월등하다는 얘기다.

레벨 100짜리 마법사가 레벨 1짜리 기사를 힘으로 이길 수 있는 것과 비슷하다. 탐사 NPC라고 해도, 가진바 힘이 워낙 강해서 어지간한 몬스터는 씹어 먹는다는 뜻이 된다.

'아니. 그러면 진짜 공격형 NPC인 요르한 같은 애들은……'

요르한은 살수 NPC다. 얼마나 강한지 아직 감이 잘 안 온다. 예전에는 아예 못 느꼈는데, 요즘에는 좀 느껴지는 것 같다. 예전, 그러니까 쩌리 시절(?)에는 상대의 강함을 느끼지 못했는데, 좀 강해지고 나니까 이제야 상대의 강함이 느껴진다고나 할까.

한주혁은 새삼스레 다시 느꼈다.

'제국과 싸우라고 붙여준 NPC들이 맞긴 맞구나.'

이런 애들이 무려 12명이다. 게임 속에서 느끼는 재미와는 별개로 자신감이 좀 더 쌓였다. 그리고 그 자신감은 결코 헛된 자신감이 아니었다.

한주혁이 '태초의 불꽃'을 사용하여 봉화대의 불꽃을 피어올렸던 그 순간, 그 자신감이 헛된 자신감이 아니라는 것을 장로들이 몸소 보여주었으니까.

알림이 들려왔다.

-태초의 불꽃을 사용하시겠습니까?

-사용횟수는 2회입니다.

-사용횟수 1회를 소모하여 '데블 크리스탈 봉화대'를 활성화 시키시겠습니까?

봉화대는 보통 '위급한 일이 닥쳤을 때 그 위험을 알리기 위하여' 사용하는 일종의 알람 도구라고 할 수 있다. 요즘에야 마법이 발달해서 많이 사용하지 않는다지만, 어쨌든 사용 용도는 그렇다.

'약간 반대네.'

위급한 일이 닥쳤을 때, 그걸 알리기 위해 불꽃을 피어올리는 것이 일반적인 봉화대라면.

'이건 봉화대가 피어오르면 몬스터가 밀려드는 형태.'

북쪽의 산맥과 남쪽의 사막으로부터 몬스터들이 꾸역꾸역 밀려들었다. 허접한 몬스터들은 결코 아니었다.

'여기 세송이를 데려왔어야 했는데.'

세송이를 데려왔다면 굉장히 질 좋고 뛰어난 시체들을 얻을 수 있었을 텐데, 좀 아쉽게 됐다. 세송이는 현재 미스 에르페스 대회에 참가 중이라 오지 못했다.

"주군, 저희가 맡겠습니다."

"저런 피라미들 때문에 주군 오라버니께서 수고스러움을 느끼실 필요는 없사와요."

사실상 피라미라고 보기에는 어려웠다. 왜냐하면.

'문 타이거도 포함되어 있는데?'

중국을 초토화시켰던 몬스터인 문 타이거가 보였다.

그런데 놀라운 것은 문 타이거가 그다지 위압적인 모습으로 보이지 않는다는 것. 그냥 수많은 몬스터들 중에 하나 정도로만 보였다.

'저건…… 좀 다른 형태의 발록?'

나타났다 하면 플레이어들을 공포에 몰아넣는 발록도 보였다. 그런데 일반 발록은 저런 포스를 풍기지 않는다. 한주혁은 검은색 기운이 이글이글 피어오르고 있는 것을 보고 알 수 있었다.

'블랙 몬스터.'

블랙 몬스터이긴 한데.

'일반 블랙 몬스터보다 더 강력한 개체?'

정확하게는 모르겠다고 생각한 순간.

이번에 새로이 얻게 된 세계 12대 초인의 아이템, 루덴의 천 갑옷이 발록의 느낌에 반응했다. 개중 악/마 속성의 몬스터들이 눈에 유독 들어왔다. 천 갑옷이 말해주는 것 같았다. 저만 공격, 맞아봤자 아무렇지도 않을 거라고. 신기한 기분이었다.

'단순히 블랙 몬스터도 아니고.'

블랙 몬스터보다 더 상위등급의 블랙 몬스터. 한주혁은 일단 저 몬스터를 '진 블랙 몬스터'로 분류하기로 했다.

'많기는 진짜 많네.'

온갖 몬스터들이 뒤범벅되어 이쪽을 향해 밀려들고 있다. 만약 저 몬스터들이 아서 대륙이 아니라, 일반 영지에 나타났다면? 플레이어들이 진을 치고 있는 일반 필드에 나타났다면 플레이어들은 몰살이다.

중국에 나타났다면 중국은 멸망했다. 미국에 나타났다면 미국도 멸망했다. 적어도 플레이어들이 설 자리는 없다. 각 대륙에 존재하는 NPC들의 도움 없이는 결코 저 몬스터들을 어떻게 할 수 없을 것이다.

분명히 그 정도의 전력을 가진 몬스터들인데.

"깔끔하게 처리하겠사와요. 주군 오라버니의 손에는 먼지 하나 묻힐 수 없답니다. 오홍홍홍!"

베르디가 워프했다. 하늘에 뜬 베르디가 마법을 사용하자 하늘에서 검은색 무언가가 쉴 새 없이 쏟아져 내렸다.

거대한 우박이 떨어져 내리는 것 같았다. 땅과 부딪쳐 박살난 검은색 우박 하나하나에서 사람의 손과 닮은 그림자 수십 개가 튀어나와 몬스터들을 할퀴었다.

몬스터들 무리는 그렇게 생을 마감했다. 주변을 둘러보니 남아 있는 거라곤 검은색 잿더미와 수십 개의 아이템들. 이곳에는 3충성이 없어서 제 9장로 팬더가 그 아이템들을 수거했다.

그런데 그게 끝이 아닌 모양이었다.

-데블 크리스탈 봉화대의 불꽃이 더욱 세차게 피어오릅니다.

-데블 크리스탈 봉화대의 불꽃이 더욱 많은 몬스터들을 불러 들이고 있습니다.

그렇게 많이 몰려든 몬스터들을 제 5장로 베르디와 제 2장 로 요르한 단둘이서 깔끔하게 정리했다. 대단위 학살 마법으 로 몬스터 수천 마리를 지워 버리고, 마법의 범위에서 벗어난 몇몇 몬스터들을 요르한이 즉사시켰다. 일격이었다.

절대악 한주혁은 생소한 느낌을 받아야만 했다.

'……'

얘네 뭐지.

'다른 사람들이 날 보면 이런 느낌인가?'

아니, 그래도 이건 좀 심한 거 아닌가. 이 정도면 밸런스 파 괴인 것 같은데.

'내 부하들이지만 진짜 세네.'

요르한이 허리를 숙였다.

"주군. 개미 새끼 한 마리 남기지 않고 전부 토벌하였습니다."

"좋군."

다른 방면으로도 생각할 수 있다. 이 정도의 힘을 가진 NPC들 12명이 숨을 죽이고 숨어서 힘을 기르고 있어야만 했 다면.

'제국도 내가 생각하는 것 이상으로 강력하다는 얘기겠고.'

좋다. 이래야 재미있지 않겠는가.

'이것도 그냥 웨이브만 몇 번 주고 끝낼 건 아닌 것 같고.'

분명 뭔가가 더 있다. 단순 웨이브로 끝날 것은 결코 아니었다.

－데블 크리스탈 봉화대의 불꽃이 더욱 세차게 피어오릅니다.

－데블 크리스탈 봉화대의 불꽃이 더욱 많은 몬스터들을 불러들이고 있습니다.

"주군 오라버니. 몬스터들이 또또 마구마구 밀려들 것 같사와요. 봉화대의 불꽃이 피어오르고 있사와요. 베르디가 혼쭐을 내줄 것이어요!"

그때 한주혁이 말했다.

"잠깐."

이왕에 싹쓸이하는 것. 최대한의 효율을 뽑아내야 하는 것 아니겠는가.

－클래스를 변경합니다.

－클래스 변경 시, 기존 클래스의 능력 사용은 불가합니다.

지금 능력이 무슨 상관인가, 이런 부하들이 있는데. 한주혁은 클래스를 적대악으로 변경했다.

"이제 처리해."

"베르디가 나갈 것이어요!"

베르디가 한 번 더 출전했다. 그다지 지치지 않은 것 같았다. 그에 대한 알림은 간단했다. 간단했고 이변이 없었다.

-플레이어의 '장로'에 대한 귀속을 확인합니다.
-현시점에 있어서 '장로'는 권속으로 인정됩니다.
-일정 지역 내에서 장로가 획득한 경험치가 플레이어에게 소급 적용됩니다.

현재 적대악 앤서의 레벨은 49. 그런데 이곳에 뭉쳐 있는 몬스터들의 레벨은 어림잡아도 300이상. 그 결과는 대단했다.

-레벨이 올랐습니다.
-레벨이 올랐습니다.
-레벨이 …….
…….

어느새 한주혁 옆으로 워프하여 돌아온 베르디가 깡총깡총 뛰었다.
"역시 주군 오라버니는 대단하셔요! 플레이어들 7레벨업을 하는 데 7년 걸린다고 하던데! 7초 만에 해내셨군요!"
정작 레벨업을 시켜준 베르디는.
"어쩜 이렇게 빠른 성장을 하실 수 있을까요? 정말 베르디는 깜짝 놀랐답니다."

라고 말했다. 한주혁에게 알림이 들려왔다.

-몬스터 웨이브를 완벽하게 막아냈습니다.
-데블 크리스탈 봉화대 1차 봉인 해제 요건을 만족시켰습니다.
-데블 크리스탈 봉화대의 1차 봉인이 해제되었습니다.

2번의 몬스터 웨이브가 끝이 났고 1차 봉인이 해제되었단다. 그런데 그게 끝이 아니었던 모양이다.

-데블 크리스탈 봉화대의 봉인을 완벽하게 해제하기 위하여 특수한 조건이 필요합니다.

그 특수한 조건에 대한 알림이 이어졌다.

-데블 크리스탈 봉화대에 데블 크리스탈이 필요합니다.
-데블 크리스탈은 마계 서열 5위 이내의 위대한 마족과의 계약을 통하여서, 매우 희박한 확률로 획득할 수 있는 희귀한 크리스탈입니다.
-1차 봉인이 해제된 데블 크리스탈 봉화대에 데블 크리스탈이 필요합니다.

아주 간만에 이런 알림도 들려왔다.

-데블 크리스탈은 매우 희귀한 크리스탈이며 구하기가 거의 불가능에 가깝다고 알려진 크리스탈입니다.
-데블 크리스탈을 얻기 위해서는 굉장히 많은 노력이 필요할 것입니다.
-이에 따라 데블 크리스탈을 얻기 위한 시간제한 1,000일이 주어집니다.

무려 1,000일. 거의 3년에 달하는 시간이 주어졌다.

-데블 크리스탈이 주어지지 않는 경우, 1차 봉인이 해제된 데블 크리스탈 봉화대는 파괴됩니다.
-데블 크리스탈을 흡수한 데블 크리스탈 봉화대는 진정한 데블 크리스탈 봉화대를 불러들일 수 있습니다.

반대로 데블 크리스탈을 넣게 되면 또 다른 상황이 진행된단다. 한주혁이 씨익 웃었다.
'1,000일?'
필요 없다.
'어쩐지 이름이 같더라니.'
아주 좋다. 아주 잘 흘러가고 있다.

'이거 나 있는데.'

보통 플레이어는 구할 수 없겠지만, 한주혁은 이미 이걸 갖고 있다. 데미안으로부터 데블 크리스탈을 받은 지, 체감상으로는 백 년쯤 지난 것 같다.

한주혁에게 알림이 들려왔다.

-데블 크리스탈을 데블 크리스탈 봉화대에 사용하시겠습니까?
-데블 크리스탈을 데블 크리스탈 봉화대에 투입합니다.

한주혁의 인벤토리에서 데블 크리스탈이 자동으로 빠져나왔다. 검은색 빛을 띠고 있는 그 크리스탈이 허공에 떴다.

반짝반짝 빛나는, 검은색 가루를 흩뿌리며 공중에 떠오른 그것은 천천히 회전하는가 싶더니 이내, 분화구 같이 생긴 봉화대의 입구 속으로 저절로 흡수되었다.

-태초의 불꽃이 활성화됩니다.
-데블 크리스탈에 의하여 데블 크리스탈 봉화대의 2차 봉인이 해제됩니다.
-데블 크리스탈에 의하여 또 다른 데블 크리스탈 봉화대가 생성됩니다.
-데블 크리스탈 봉화대의 2차 봉인을 해제한 플레이어에게 새로운 데블 크리스탈 봉화대의 위치가 공유됩니다.

그와 동시에 한주혁의 머릿속에 봉화대들의 이미지가 그려졌다.

'도미노?'

마치 도미노처럼 엄청난 속도로 봉화대들이 여기저기에 생성되기 시작했다.

'실제 봉화대랑 비슷하게 설계된 것 같은데.'

여기저기서 불꽃이 피어오르고 있다. 육안으로 확인이 가능한 거리에 하나가 보였고, 육안으로 확인되지 않는 곳도 여기저기 봉화대의 불꽃이 피어오른 것이 보였다.

한주혁은 저절로 알 수 있었다.

'저것들은 그냥 조형물.'

지금 한주혁은 '데블 크리스탈 봉화대' 앞에 있다.

이곳까지 오기 위해 두 개의 산맥과 하나의 사막을 건넜다. 그곳에 존재하는 바위, 나무, 계곡, 모래. 그런 것들이 조형물이다. 여기저기 생겨난 봉화대 역시 그냥 조형물에 가까웠다.

한주혁이 장로들을 둘러보며 말했다.

"지금 생겨난 봉화대는 의미가 별로 없는 봉화대다."

굳이 의미를 찾아보자면.

"데블 크리스탈 봉화대의 2차 봉인이 해제되었고, 그로 인하여 진짜 데블 크리스탈 봉화대가 어딘가에 생겼다는 것을 알려주는 신호 정도로 해석할 수 있겠지."

만약 '데블 크리스탈 봉화대'에 관한 어떤 정보를 가지고 있는 다른 플레이어가 있었다면, 이 봉화대들이 갑자기 생겨난 것으로 인하여 '아. 2차 봉인이 해제되었구나!'라는 것을 알아차릴 수 있었을 거다.

그런 플레이어가 과연 존재할지는 의문이지만.

베르디가 물었다.

"주군 오라버니께서는 진짜 데블 크리스탈 봉화대가 어디에 생성되었는지 알고 계시는군요!"

한주혁이 고개를 끄덕였다.

"진짜 봉화대는……."

전 세계의 대륙에 이상한 조형물이 설치되었다. 운 좋게 드론 촬영을 하고 있던 '핵초리'라는 플레이어가 그 모습을 담아냈다.

어떤 위급 신호를 알리는 것처럼, 도미노가 순서대로 넘어지는 것처럼, 봉화대가 피어올랐다.

-형님들. 이거 진짜 뭔가 있는 거 아닙니까?

그 영상은 전 세계로 송출되었다. 운 좋게도, 핵초리는 이 영상 하나로 굉장히 핫한 유튜브 스트리머로 급부상할 수 있었다.

-전 세계 대륙에 모습을 드러낸 봉화대.

-올림푸스에 생긴 봉화대. 이 봉화대의 용도는?

한국 기반 대륙인 센티니아&루니아는 물론이고, 아서 대륙, 중국 기반 대륙, 일본 기반 대륙, 중동의 파이라 대륙, 태평양 건너 미국 기반의 아메리아 대륙까지. 온갖 곳에 생겨난 봉화대에 사람들의 관심이 쏠리기 시작했다.

-근데 이거 어디다 쓰는 거지?

-전 세계에 갑자기 생겨난 거로 보면 뭔가 있는 것 같은데.

-이렇게 전 세계에 동시다발적으로 생겨난 건 여태껏 없지 않았음?

그래서 한세아가 물었다.

"오빠. 오빠도 봉화대에 대해서 좀 알아?"

"알지."

사실 별 기대는 안 했다. 아무리 오빠가 대단해도 이 봉화대의 정체까지 알고 있을 줄은 몰랐다.

"어떻게 알아?"

"내가 만들었으니까."

"……."

한세아는 이제 의식적으로 놀라기를 거부하고 있는 상태다.

"이거 전 세계에 생겼던데?"

"알아."

"어떻게 알아?"

"내가 만들었으니까?"

"⋯⋯."

응. 그래. 오빠가 하는 일이 뭐 그렇지. 대륙도 창조하는 인간이고 NPC의 왕과도 맞짱 떠서 이기는 인간, 사람, 생물인데. 한세아는 그냥 그렇게 납득하기로 했다.

"그래서. 이게 뭔데?"

"그냥 모형?"

"그냥 단순 모형이 전 세계에 생긴 거라고?"

"어. 그냥 모형이야."

"에이, 말도 안 돼."

"그중에 딱 하나 진짜가 있어."

"진짜?"

한주혁은 알고 있다. 아서 대륙에 존재하고 있는 '데블 크리스탈 봉화대'의 2차 봉인이 해제되면서 '진짜' 데블 크리스탈 봉화대의 위치가 한주혁에게 공유되었으니까.

"그게 어디 있는데?"

"곧 알아. 아직 불꽃이 안 피어올랐어. 몇십 분 내로 피어오를 거야."

"그러니까 그게 어디야?"

동생이 열심히 물었는데, 오빠인 한주혁은 대답하기가 매우 귀찮았다. 사실 그냥 말해줘도 되는데, 동생이랑은 원래 말 섞기가 좀 귀찮다.

"아, 있어. 그런 곳이."

"그니까 어디야?"

"말해주기 귀찮아."

한주혁은 동생의 말을 무시하고서 침대에 누웠다. 그리고 대충 손을 휘저었다. 알아서 나가라는 뜻이다.

"우씨. 말.해.주.기.귀.찮.아. 일곱 글자 말할 노력이면 말해주고도 남았겠다."

때마침, 방문을 열고 들어온 천세송이 비슷한 얘기를 했다. 현재 '봉화대'에 관한 얘기가 전 세계의 이슈다 보니, 천세송도 궁금한 모양이었다.

천세송이 물었다.

"오빠. 나 미스 에르페스 8강도 통과해서…… 지금 여유 있는데. 그거 위치가 어디야? 나도 도울게!"

이미 묻기를 포기한 한세아가 방문을 지나치며 말했다.

"저 오빠 귀찮다고 안 알려줘. 나도 한 백번 물었는데 그냥 다 씹더라."

"아, 정말? 내가 괜히 오빠 귀찮게 했나? 오빠. 안 알려줘도 돼요."

알려줘야 하는 거면 오빠가 어련히 알아서 잘 알려주겠지.

말 안 해주는 것에는 그럴 만한 이유가 있을 거야. 천세송은 그렇게 납득하려고 했다. 그때 한주혁이 대답했다.

"아메리아 대륙에 있는 드레탄 평야."

미국 기반 대륙의 이름은 아메리아 대륙이다. 광활한 영토를 자랑하는 매우 거대한 대륙이며 러시아 대륙과 함께 '아이템의 성지'로 손꼽히는 대륙이기도 하다. 일상생활에 필요하거나 첨단 정밀과학과 관련된 아이템 드랍율이 매우 높다.

대륙이 매우 넓은 만큼 인간에게 그다지 쓸모 있지 않은 땅들도 굉장히 많이 존재했는데 대륙 남부에 있는 '드레탄 평야'도 그중 하나였다.

"땅이 척박해서 농사도 안되고, 그다지 괜찮은 몬스터도 없고."

레벨업에 도움도 안 되고.

"던전 공략의 거점으로서의 활용성도 떨어지고."

심지어는.

"주변에 그나마 발달된 영지가 400㎞ 정도 떨어져 있네."

광활한 대륙이라는 사실이 새삼스레 다시 와닿았다.

가장 가까운, 그나마 사람 사는 곳 같은 영지가 무려 400㎞나 떨어져 있다. 한국으로 치면 서울에서 부산까지의 거리다.

미국 플레이어들의 자존심. 어벤져스 연합의 캡틴이 두 팔

벌려 환영했다.

"아메리아 대륙에 오신 것을 환영합니다!"

절대악이 아메리아 대륙으로 이동했다. 이것은 과연 무엇을 의미하는가. 전 세계의 정보부가 숨 가쁘게 움직이기 시작했다. 다음 전송소를 또다시 미국에 설치해 주려는 움직임인가.

중국 최대 연합. 흑흑연합의 로랑도 이 상황을 주시했다.

'도대체 절대악이 왜?'

절대악은 그 메인 시나리오 퀘스트 때문에, 바빠서라도 외국 기반 대륙에 방문하지 않는다.

"미국이 뭔가 잘 보인 구석이 있었나?"

"파악할 수 없습니다."

"미국에 어떤 위기가 있었나?"

"없습니다."

저번에는 세계 최대의 곡창지대 카를로스를 구하기 위해 왔었다. 이번에는 그런 위기도 없는데 절대악이 아메리아 대륙으로 갔단다.

'그럼 뭐지?'

알 수 없었다.

"현재 모든 정보망을 총가동하여 절대악이 미국 기반 대륙을 방문한 이유를 찾고 있습니다."

절대악이 미국을 방문한 것만으로도 전 세계가 들썩였다. 절대악이 어떤 약속(이를테면 전송소 설립 같은) 하나만 해줘도 미국이 누리는 경제적 가치는 어마어마할 테니까.

"반드시 이유를 찾아야 한다."

어지간하면 한국을 벗어나지 않는 절대악이다. 카를로스의 대화재나, 문 타이거의 대학살극 정도가 아니면 움직이지 않는다. 그런 절대악이 움직였다. 그런 거인이 움직일 정도면 뭔가 있다는 얘기다.

"어벤져스 연합의 캡틴이 진행 중이던 레이드마저 포기하고 절대악 안내를 위하여 손수 움직였다 합니다."

"그렇겠지."

이런 보고는 새롭지도 않다. 지금 절대악의 위상이 그 정도다. 오히려 미국 대통령이 동행하지 않았다는 사실이 놀라울 정도다. 적어도 로랑은 그렇게 생각했다.

"절대악의 심기를 거스르지 않는 선에서, 모든 정보망을 총동원한다."

"알겠습니다."

얼마 뒤 새로운 소식이 전 세계를 강타했다. 아메리아 대륙, 버려진 땅인 '드레탄 평야'와 관련된 매우 획기적인 소식이었다.

5장
아서 광산

    유튜브 스트리머이자 인터넷 방송 BJ인 핵초리는 화면을 바라보며 넙죽 엎드렸다.

    "아니, 형님, 형님. 진짜 그 3충성 형님이십니까?"

    인터넷 논객. 그 이름도 유명한 3충성이 그의 개인 방송을 찾았기 때문이다. 절대악과 관련된 에피소드 방출로 인하여 유명세를 얻기 시작한 핵초리는 흥분했다.

    '시, 시청자가 3만에 육박한다!'

    플랫폼을 통틀어 동시 시청자 수가 무려 3만에 육박했다. 개인 방송 BJ로는 엄청난 기록이었다.

    사람들은 3충성의 실시간 발언에 집중했다. 핵초리가 채팅 창을 얼리고 오로지 3충성만 말할 수 있는 시간을 줬다.

    핵초리가 물었다.

-형님, 절대악께서 왜 아메리아로 갔을까요? 진짜 엄청나게 획기적인 일이 벌어지지 않을까요?

-저는 그렇게 어마어마한 일이 있다고 생각하지는 않습니다.

세상에 알려지지는 않았지만 3충성 역시 절대악의 측근이다. 매지컬 콜렉터로서의 소임을 다하고 있다. 절대악을 옆에서 지켜본 결과(물론 데블 크리스탈 봉화대의 상황은 못 봤다), 절대악은 대중의 생각과는 조금 다른 인물이었다.

-아니, 형님. 절대악 같은 거인이 움직였는데…… 뭔가 있는 거 아니겠습니까? 안 그래도 절대악께서는 움직이지 않는 거인으로 유명하지 않습니까?

-그것은 사실입니다.

절대악은 타 대륙으로의 이동을 꺼린다. 많은 사람이 그렇게 생각하고 있다. 왜냐하면 절대악은 그야말로 움직이는 핵이니까. 좋은 의미의 핵이든, 나쁜 의미의 핵이든.

절대악이 움직이는 곳에 거대한 지각변동이 생긴다. 사람들은 그렇게 판단하고 있다.

-실제로 절대악은 외부로 잘 움직이지 않죠.

절대악도 그것을 알기에, 자신의 본거지를 어지간해서는 벗어나지 않는다. 세상 사람들을 배려하기에, 그래서 그 위대한 발걸음을 잘 옮기지 않는다.

한주혁 본인은 그런 생각이 전혀 없지만 어쨌든 외부적으로 보는 이미지는 그랬다.

-그러니까요. 미국. 그것도 버려진 땅이나 다름없는 드레탄 영지로 갔다던데. 뭘 의미하는 걸까요?

사람들은 전부 '특별한 상황'을 예상하고 있다. 절대악쯤 되는 거인이 움직였으니 분명 뭔가 있다고 생각하는 중이다.

'남들과 똑같이 생각해서는 아무것도 얻을 수 없어. 발전도 없지.'

절대악을 면밀히 분석하면서 3충성은 깨달았다.

'그냥 원래 내 생각과는 반대로 하면 된다!'

아무리 '인내'의 칭호가 붙었어도 고통찔레꽃을 삼키거나 항문에 붙이는 등의 행위는 너무 가혹했다. 이제 하고 싶지 않았다.

'원래의 나였다면 분명 어떤 것이 있다고 분석했겠지만……!'

이번에는 다르게 해석하기로 했다. 원래의 생각과 반대로 가면, 이번만큼은 제대로 된 예측을 할 수 있으리라고 생각했다.

'이번에 제대로 말하면 유명세도 더 높아지겠지!'

인터넷 논객으로서의 명예도 많이 생길 거다. 남들이 모두

'YES'라고 말할 때 'NO'라고 말할 수 있는 사람. 그게 자신이라는 걸 보여주기로 했다.

-그다지 특수한 상황을 기대하기는 어려울 것 같습니다.

-예?

-사람들은 이렇게 예상합니다. 미국과의 관계를 강조하기 위하여 절대 악이 움직였다. 혹은 어떤 특수한 퀘스트가 있어 움직였다. 이런 식으로 말이죠.

-그, 그렇죠. 다들 그렇게 예상하고 있다고 합니다.

-그렇지만 그렇게 위대한 것을 생각하지는 않을 수도 있죠.

-그게 무슨 뜻이죠?

3충성이 분석 아닌 분석을 말하고 있는 사이 시청자 수는 3만 3천 명에 육박했다.

핵초리는 기뻤다. 사실 3충성이 맞든 틀리든 그런 건 중요하지 않다. 시청자만 늘어나면 되는 거 아니겠는가.

-제가 살펴본 결과 드레탄 평야는 투자 가치가 있는 곳입니다.

-예……?

'절대악이 투자 때문에 그곳으로 갔다고?'

-워프 포탈만 제대로 연결된다면 관광지로서의 역할을 잘 수행할 수 있는 곳이죠. 더더군다나 절대악은 유럽 연합 중 제일이라 할 수 있는 샤먼 연합과도 친분이 매우 두텁습니다. 워프 포탈을 이을 수 있죠. 주변의 위험한 몬스터들을 처리할 수 있는 능력도 있습니다. 버려진 땅을 통하여 새로운 사업을 시도하고 있을 확률이 있습니다. 미국 측에서도 기뻐할 겁니다. 절대악의 사업을 유치할 수 있다면요.

사실 3충성도 잘 모른다. 평소의 생각과 다르게 말하려고 하는 거다. 그냥 일단 대충 던져봤다.

-물론 아닐 수도 있습니다. 다만, 절대악의 이번 행보에 사람들이 생각하는 것만큼 무언가 거대한 것이 숨겨져 있지는 않을 겁니다.

채팅창이 풀렸다.

하나하나 확인할 수 없을 만큼 빠른 속도로, 엄청난 숫자의 사람들이 한꺼번에 채팅을 올렸다. 그것을 보며 3충성은 흥분했다. 이토록 사람들의 관심을 끌 수 있다니.

'이거, 많이 좋다.'

-사람들이 생각하는 것만큼, 위대한 퀘스트나 엄청난 무언가가 숨겨져 있지 않다는 것에······!

핵초리는 능수능란하게 다시 채팅창을 얼렸다. 3층성만 말할 수 있도록.

-**고통찔레꽃을 갈아 마시는 것을 겁니다!**

그와 동시에 JTBN을 통하여 속보가 전해졌다. 속보의 내용은 놀라웠다. 현재 절대악이 방문한 '드레탄 평야'에 무언가가 생겼단다. 그 무언가가 하필이면 '광산'이란다.

3층성은 입을 쩍 벌렸다.

'광산?'

아니, 멀쩡히 버려진(?) 땅에 갑자기 광산이 왜 생겨? 광산은 파이라 대륙에나 있는 거 아니었나? 미국 땅이 중동도 아닌데 갑자기 뭔 놈의 광산?

'진짜 광산?'

JTBN을 통해 알려진 정보는 확실히 광산이었다. 그것도 몬스터 스톤을 채취할 수 있는 광산.

'그린 스톤, 블루 스톤 발견?'

매장량은 아직 모르지만, 확인을 더 해야 한단다.

'레드 스톤도 존재할 가능성이 유력?'

3충성은 키보드에서 손을 놨다.

'아주 조심스러운 단계지만 블랙 스톤도 존재할 가능성이 있어?'

기사를 보면 볼수록 암담한 기분이 들었다.

'뭐야, 이거?'

파이라 대륙에나 존재하는 그런 사기적인 필드가 왜 갑자기 아메리아 대륙에 생겼단 말인가.

'아니, 절대악이니까. 그럴 수 있어.'

그냥 상식으로 판단하면 안 되는 플레이어니까. 백번 양보해서 그럴 수 있다 칠 수 있다. 그런데 왜 하필이면 지금 타이밍이란 말인가. 평소와는 반대로 생각하려고 마음먹은 이 시점에, 평소와 반대로 예상했던 이 시점에 왜 갑자기 이런 말도 안 되는 일을 벌인단 말인가.

채팅창이 'ㅋㅋㅋㅋㅋㅋㅋㅋㅋㅋ'로 도배되었다.

-광산 생김.
-추정 가치가 최소 수백조 원이라고 함.
-이 정도면 위대한 거 아닌가?

3충성은 울고 싶어졌다.

참고로 고통찔레꽃은 단순 접촉만으로도 충분한 괴로움을

선사하지만, 갈아서 액체와 섞어 마시면 7배 이상의 고통을 선사하는 식물형 아이템이다. 3충성의 고통에는 그다지 관심이 없는 핵초리가 물었다.

-형님, 제 방송에서 진행하실 건가요? 고통찔레꽃 갈아 마시면 그 고통이 7배쯤 된다던데 말입니다.

아메리아 대륙 드레탄 평야. 버려진 영지나 다름없는 그곳 중앙에 하나의 봉화대가 생겼다. 한주혁이 파악하고 있는 '진짜 데블 크리스탈 봉화대'다.

-2차 봉인이 해제된 '데블 크리스탈 봉화대'를 확인합니다.
-또 다른 '데블 크리스탈 봉화대'가 활성화됩니다.
-또 다른 '데블 크리스탈 봉화대'의 활성화로 인하여 새로운 '광산'이 개방됩니다.
-새로운 광산에 이름을 부여하십시오.

한주혁조차도 얼떨떨했다. 광산이 생긴단다.
일단은 이름을 설정했다.
'아서 광산.'
같은 필드에 있던 절대악과의 만남에 매우 적극적으로 나선 캡틴도 알림을 들었다.

그는 그 알림을 듣는 순간 충격에 빠졌다.

"오 마이 갓."

절대악이 이곳으로 온다고 하기에 뭔가 싶었다. 일단 냅다 만나고 봤던 거다.

"광산……?"

그런데 그 광산의 이름을 플레이어가 설정했다.

캡틴이 흥분했다.

"아서 광산. 이거 정말입니까?"

그는 미국을 대표하는 최정상급 플레이어지만, 광산이 만들어지는 광경은 처음 본다. 캡틴은 저도 모르게 흥분하여 '언빌리버블! 미라클!'을 연신 외쳐댔다.

"광산을 생성시킨 것이로군요. 대단합니다. 정말 경이롭군요. 플레이어의 이름을 딴 대륙에 이어 광산까지 만드시다니……!"

한주혁에게도, 캡틴에게도 알림이 계속해서 이어졌다.

-'드레탄 평야'에 '아서 광산'으로 이어지는 워프 포탈이 개방됩니다.

알림에서 그치지 않았다. 실제로 한주혁 근처 땅 밑에 워프 포탈이 생성되었다. 더 정확히 말하자면 최근 전 세계에 생겨난 '봉화대' 바로 옆이었다.

-아서 광산을 유지하기 위하여 데블 크리스탈 봉화대의 불꽃이 유지되어야 합니다.

캡틴에게 생소한 알림이 들려왔다.

-최초의 데블 크리스탈 봉화대를 찾으십시오.
-최초의 데블 크리스탈 봉화대에서 피어오른 불꽃과 같은 불꽃이 필요합니다.
-퀘스트, '최초의 데블 크리스탈 봉화대를 찾아라!'가 생성되었습니다.
-제한 시간 100일이 주어집니다.
-단, 제한 시간 10일이 지난 시점부터 아서 광산의 스톤 매장량이 감소하기 시작합니다.

캡틴은 극도로 흥분했다. 이 '아서 광산'을 유지하려면 최초의 봉화대를 찾아야 한단다.
캡틴의 말이 굉장히 빨라졌다.
"들으셨습니까? 최초의 봉화대를 찾으면 이 광산이 유지된다고 합니다! 전 세계에 퍼져 있는 것이기는 하지만 100일이면 충분히 찾아낼 수 있을 것입니다!"
가능하다면 10일 내에 찾아야 했다. 10일이 지나면 광산의 매장량이 줄어든다고 했으니까.

"원정대를 바로 꾸리도록 하겠습니다. 퀘스트가 주어졌습니다. 100일 내에 찾으면 광산을 유지할 수 있을 것 같습니다. 퀘스트 확인하셨죠?"

물론이다. 한주혁도 퀘스트를 확인했다. 퀘스트 내용은 '최초의 데블 크리스탈 봉화대'의 불꽃과 같은 불꽃을, 눈앞에 있는 이 봉화대에 사용하라는 내용이었다.

'그동안은 임시 오픈.'

제대로 된 퀘스트 클리어가 되어야만 광산이 완전히 오픈된단다. 지금은 임시적으로 오픈이 되었으며, 완전히 개방된 상태도 아니라고 했다.

'클리어하려면 지금 당장도 가능해.'

새로운 퀘스트와 생각지도 못했던 진행 덕에, 한껏 꿈에 부풀어 있는 캡틴에게는 미안하지만 한주혁은 이미 이 퀘스트의 답을 알고 있고 심지어 퀘스트 클리어 아이템도 이미 갖고 있다.

한주혁은 거기서 약간의 의아함을 느꼈다.

'이게 이상한 거야.'

이 봉화대를 개화시키려면 처음의 봉화대. 그러니까 아서 대륙에 있는 봉화대에 불꽃을 넣어 점화시켜야 했다.

'게다가 나한테 위치도 알려줬지.'

그렇다면 이 위치를 알고 있는 플레이어는 당연히 '처음 사용했던 불꽃'의 종류도 알고 있다. 그런데 이걸 굳이 퀘스트의 형식으로 다시 내려줬다. 10일 이후에는 매장량이 줄어들기는 하지만, 그래도 100일이라는 시간까지 줬다.

'평범한 경우였으면 내가 가지고 있는 아이템을 확인하여 조건을 만족했다는 알림이 들려왔을 텐데.'

굳이 이렇게 돌아가는 이유가 분명히 있을 거다.

'조금만 더 알아보자.'

바로 퀘스트를 클리어하지는 않았다. 10일까지는 매장량도 줄어들지 않으니까.

"일단 탐사부터 해보죠."

"알겠습니다."

임시로 일부 오픈된 '아서 광산'을 탐사했다. 안에 몬스터들이 존재하기는 했으나 위협적이지는 않았다.

캡틴이 계속해서 감탄했다.

"오 마이 갓."

벽면에 그린 스톤이 붙어 있다. 떼어낼 수 있는 형태였다.

"오 마이 갓."

블루 스톤도 있다.

"오…… 오 마이 갓……!"

더 안쪽으로 들어가니 레드 스톤까지 존재했다. 더 안쪽으로는 들어갈 수 없었다.

-더 이상 진입할 수 없습니다.

-오픈되지 않은 필드입니다.

-최초의 데블 크리스탈 봉화대와 같은 종류의 불꽃이 필요합니다.

캡틴은 꿈에 부풀어 올랐다.

파이라 대륙에 이어서 미국 대륙에도 광산이 생긴다면, 미국의 국격이 또다시 올라가지 않겠는가. 미국의 역사에, 또 다른 한 획을 그을 수 있지 않겠는가!

아서 광산의 오픈, 그 소식이 전 세계를 뒤흔들었다. 플레이어의 이름을 딴 광산이 오픈되었으니까.

대략적인 내용도 공개됐다.

'최초의 블랙 크리스탈 봉화대'를 찾겠다고 나선 플레이어들도 상당히 많았다.

그렇게 5일이 지났을 때, 한세아가 한주혁의 방을 찾았다.

"오빠, 이거 들었어?"

그녀의 얼굴이 굉장히 붉어져 있었다. 오빠인 한주혁은 한세아의 표정을 읽을 수 있었다. 부끄러워서 붉어진 게 아니다. 척 봐도 화가 났다. 지금도 계속해서 씩씩대고 있다.

'엄청 열 받아 보이네.'

세아가 왜 저러는지 한주혁은 이미 알고 있다.

한주혁이 씨익 웃었다.

"아서 광산이랑 관련된 얘기하려는 거지?"

한세아는 평소에 욕을 많이 하지 않는 편이다. 욕을 하더라도 '새끼' 정도만 한다. 그것도 아주 친한 사람들 앞에서만.

한세아는 오빠인 한주혁과도 굉장히 친하다고 자부하지만, 그래도 주혁 앞에서는 욕을 안 하는 편이다. 누가 시킨 건 아니었지만, 하여튼 그랬다.

한세아가 입을 열었다.

"아주 지랄들이야."

"……."

한주혁은 동생의 흥분한 모습에 피식 웃고 말았다.

"아니, 오빠. 웃음이 나와? 아주 병신들도 그런 상병신들이 없잖아."

거기까지 말한 한세아는 스스로 찔끔 놀라서 사과했다.

"어…… 음…… 그게……. 내가 말이 좀 너무 격했나?"

"아냐. 괜찮아."

애초에 한주혁은 동생이 욕 하는 것에 대해 별생각이 없다. 그냥 아무 생각이 없다는 것에 가깝다. 어디 가서 맞고 다니는 것만 아니면 괜찮다.

"내가 너어어어어어무 열이 받아서 그래. 게네들 평소에 성조기 들고 막 흔들어댔던 거 기억나지?"

한국에는 조해성 대통령을 지지하는 세력만 있는 게 아니었다. 대한민국은 자유민주주의 사회고, 그에 따라 다양한 이견이 존재할 수 있으니까. 자신이 좋아하는 사람을 지지할 수 있는 자유도 있다. 지금은 구속 수감되어 있는 전 대통령을 지지하고 사랑하는 모임도 분명 다수 존재했다.

잠깐 흥분을 가라앉혔던 한세아가 또다시 흥분했다.

"아니, 평소에 미국을 그렇게 좋아하고 물고 빨고 했으면서 왜 이제 와서 국부 유출이라고 지랄들이야!"

한세아의 말은 사실이었다. 마침 어제가 토요일이었다. 토요일, 광화문 광장에는 상당히 많은 숫자의 사람들이 애국 집회에 참여했다. 자동차가 다니는 길을 막아서고.

-매국노 절대악은 각성하라!

-막대한 국부 유출. 심각한 손해를 일으키는 절대악은 국민 앞에 사죄하라!

-지대한 매국 행위! 자랑스러운 한국인이라면 이럴 수는 없다!

메가폰등을 활용하여 이렇게 외쳐댔다. 이번만큼은 미국의 성조기도 보이지 않았다.

"아니, 지들이 오빠가 저거 만드는 것에 뭐라도 해줬어? 하다못해 어깨라도 한 번 주물러 줬어?"

"……."

"매국노는 무슨 빌어먹을 매국노? 논리가 없는 거야, 뇌가 없는 거야? 무슨 논리가 그래?"

한주혁은 가만히 듣고 있기만 했다.

"그냥 싹 다 똥물에 빠져 버리면 좋겠다."

한세아는 열변을 토했다.

"걔들이 뭐라고 주장하는지 알아? 오빠가 미국에 나라를 팔아먹을 놈이라서, 그래서 일부러 미국에 전송소도 지어주고 카를로스 대화재도 막아주고, 그리고 이번에는 또 광산까지 지어준 거래. 아니, 이게 말이야, 방구야? 똥을 왜 똥꼬로 안 싸고, 입으로 싸는 거야, 도대체?"

한주혁은 한세아의 이마를 살짝 톡 쳤다. 얼굴이 시뻘겋게 달아오른 채 목에 핏대를 세우던 한세아가 또 번뜩 정신을 차렸어.

"나 뭐라 그랬어? 너무 열 받아서 기억도 안 나네."

"너무 흥분하지 마."

"오빠 화도 안 나?"

한세아가 보기에 한주혁은 별로 화가 나 보이지 않는다. 그냥 허허- 하고 웃고 있는 것 같다. 그럴 수도 있지, 사람들은 다양하니까. 이렇게 주장하고 있는 것 같다고나 할까.

"내가 이렇게 열통이 터지는데. 오빠는 아무렇지도 않아? 아니, 오빠가 성인군자야? 내가 핸드폰 보여줄게. 잠깐만!"

애국 집회를 주도하는 영상이 인터넷 여기저기 뿌려져 있다. 한세아는 그걸 보여주려고 했다. 그런데 뉴스를 찾아보던 한세아는 더더욱 분노할 수밖에 없었다.

"와, 이거 순 또라이들이네."

한세아의 시각에서 '또라이들'은 일부 미국인들이었다.

"도렌트 열풍? 또라이 열풍이겠지!"

한세아가 소리를 내어 기사를 읽어주었다.

"저학력, 저소득 백인층들이 중심 지지층인 그는……."

한국에 절대악 열풍이 불었다면 미국에는 도렌트 열풍이 불고 있단다.

미국 제일주의. 미국인 최우선을 모토로 하여 연일 연설을 펼치고 있는 도렌트가, 최근 엄청난 인기를 얻고 있단다.

"지가 대통령이 되면 절대악에게 바치고 있는 곡창지대 카를로스의 수확물을 회수할 거래. 미국에서 나오는 미국의 자산인데, 왜 한국인인 절대악이 그것들을 독식하냐고 하잖아. 게다가 광산도 결국은 미국 거래. 아메리아 대륙에서 나왔으니까."

정황상 이 광산은 절대악이 활성화시킨 것이 틀림없다. 이름도 아서 광산이고, 절대악은 그 아서 광산이 활성화될 위치까지 알고 있었으니까. 하지만 도렌트에게 그런 것은 중요하지 않은 것 같았다.

"와, 이 영상 보소."

영상 속에는 많은 백인 남성들이 도렌트를 연호하고 있었다. 도렌트의 말이 옳다는 듯 주먹을 불끈 쥐고 목에 핏대를 세워가며 소리쳐댔다.

"이런 또라이를 지지한단 말이야?"

지지율은 아직 30퍼센트대에 불과하지만, 엄청난 속도로 지지율을 얻고 있는 중이다. 특히 이번에 '광산 소유권'과 '카를로스 이득권'을 재차 주장하면서 수많은 미국인들의 동조를 얻어냈다.

"막말로 드레탄 평야, 그거 그냥 버려진 땅이잖아. 아무도 관리도 안 했고 방치된 곳인데. 그걸 이제 와서 내놓으라는 거 잖아? 양심 따윈 1도 없는 주장인데, 왜 또 이런 말도 안 되는 것에 열광해?"

실제로 도렌트는 이렇게 얘기했다.

-절대악이 이득을 지나치게 많이 가져갑니다. 우리 미국 땅의 수많은 젊은이들이 취해야 할 그 이득을, 절대악이라는 동양의 외국인 한 명이 독식하고 있습니다. 이는 분명 지탄받아야 마땅한 일입니다. 잘못되어도 한참 잘못되었습니다. 이 땅의 젊은이들이 고통받게 놔둘 수 없습니다.

현 정부도 비난했다.

-지금 정부는 수십조 달러의 유, 무형적 가치를 가지는 광산을 절대악에게 바치려 하고 있습니다. 결코 그럴 수는 없습니다. 아메리아 대륙에서 발견된 최초의 광산입니다. 이것은 미국의 것이어야만 합니다. 수십조 달러 이상의 가치, 그 가치를 누려야 할 사람은 동양의 절대악이 아니라, 미국의 자랑스러운 시민들이어야만 합니다.

한주혁도 연설 영상을 확인했다. 한세아는 여전히 씩씩댔다.

"나 너무 열 받아. 물에서 건져주니까 보따리 내놓으라는 거 아냐? 오빠 없었으면 곡창지대 카를로스의 '곡' 자도 안 남았겠다. 죄다 불타 없어졌을 텐데."

한세아는 결국 일어나서 한세아의 머리를 한 번 슥 문질렀다. 간만에 동생한테 좀 착하게 굴었다. 적어도 겉으로는.

"세아야."

"어?"

한세아는 이제야 오빠가 뭔가 결단을 내린 것 같다고 생각했다. 사실 오빠가 움직이지 않아서 그렇지, 제대로 움직이기만 하면 애국 집회든 미국이든 뒤집어엎는 건 그렇게 어렵지 않다. 적어도 한세아는 그렇게 생각했다. 오빠가 좀 한바탕 해주면 좋겠다. 호구처럼 가만히 있는 건 있을 수 없는 일 아닌가.

한주혁이 진지한 얼굴로 말했다.

"목마르다. 가서 물 좀 떠와."

한세아는 한주혁의 방에서 나왔다. 소심하지만 반항도 해봤다. 문을 평소보다 좀 세게 닫았다.

쿵! 이라고 표현하기에는 좀 그렇고, 콩! 정도의 소리가 났다. 물론 한주혁이 듣기에는 별반 차이 없었다.

한세아는 대략 30걸음쯤 옮긴 뒤에 분통을 터뜨렸다.

"으아! 열 받아!"

나는 열이 엄청 받는데, 또라이들 좀 다 똥물에 빠뜨리고 싶은데. 오빠는 뭐가 저렇게 천하태평인지 모르겠다.

"나 완전 화났어. 카오될 거야. 이 호구야!"

물론 여기서의 '호구'는 한주혁을 향하는 말이다. 나름대로 크게 얘기한다고 하기는 했는데, 이미 한주혁의 방과는 멀리 떨어진 상태라 한주혁에게는 들리지 않았다.

'진짜로 들리지는 않았겠지?'

그래도.

'들렸으면 좋겠다.'

아니.

'근데 들리는 건 좀 그래.'

이율배반적인 마음이 들었다. 호구라고 욕하는 걸 들었으면 좋겠는 마음과, 들으면 안 된다는 마음. 두 마음이 같이 들었다. 그런데 그때 목소리가 들려왔다.

"언니?"

"으악!"

한세아는 비명을 질렀다가 자신에게 말을 건 사람이 오빠가 아니라 천세송이라는 사실에 안도했다.

"언니. 왜 그렇게 놀라?"

"아, 아냐, 아무것도. 너무 좀 열이 받아 있는 상태라 그래."

"왜 열 받았는데?"

"세송아. 너 몰라? 지금 오빠한테 무슨 일이 벌어지고 있는지?"

얘가 미스 에르페스 대회 때문에 지금 정신이 팔려서, 정작 자신의 애인에게 무슨 일이 벌어지고 있는지 모르는 거 아닌 가 싶다.

"미국의 도렌트 열풍이랑 한국 애국 집회. 아주 쌍쌍으로 지 랄 났잖아."

"아아."

천세송이 방긋 웃었다.

"아직 오빠랑 얘기 안 했지?"

"……응?"

"오빠한테 가서 말해보면 별로 화 안 날 거야. 오빠한테 생 각이 다 있대."

"……."

'어, 나 이미 오빠 방에 가서 한바탕 하고 온 건데. 그냥 물 이나 떠오라고 하던데. 방금까지 내 손에 컵 들려 있었는데.'

"세송아. 있잖아."

"응응, 왜?"

"나 왜 패배감이 드는 거야?"

천세송이 눈을 동그랗게 떴다. 자신이 정말 좋아하는 언니 다. 심지어 7번 성좌 잿빛 마도사다. 그런 사람이 무엇 때문에 패배감을 느낀단 말인가.

"언니. 무슨 일 있었어?"

"아무것도 아냐. 어쨌든 오빠한테 생각이 있다는 거지?"

"응."

천세송이 방긋 웃었다. 웃는 얼굴로 말을 이었다.

"만약 아니었다면……."

한세아는 천세송의 천진난만한 얼굴을 보면서 아주 잠깐, 식은땀을 흘렸다.

천세송이 한세아를 좋아하는 것만큼이나, 한세아도 천세송을 좋아한다. 그런데 오늘은 세송이가 좀 무서운 것 같다. 웃고 있는데 무섭다.

한세아가 활짝 웃으며 말했다.

"나는 어차피 카오잖아? 누구 좀 많이 죽여도 티도 안나."

죽인 다음에는.

"내 권속으로 만들 수 있어."

그녀가 더욱 활짝 웃었다.

"평생 노예로 부려먹었을 거야. 미국인이든, 한국인이든. 노예 군단. 나름 괜찮을 것 같기도 하고."

어벤져스의 캡틴의 안색이 굉장히 어두워졌다.

"여론이 좋지 못합니다."

친 절대악 여론도 물론 엄청나지만, 반 절대악 여론도 급물살을 타고 있다.

"도렌트 열풍이 생각보다 뜨겁습니다."

"안타까운 현실이군."

왜 나무만 보고 숲을 보지 못한단 말인가.

"어째서 위대한 미국이 동양인 하나에게 머리를 조아려야 하는지 이해할 수 없다고 주장합니다."

머리 숙인 적 없다. 물론 절대악의 눈치를 많이 보기는 했지만, 그 이상으로 미국에 이득이 있었다.

"미치겠군."

"기류가 심상치가 않습니다. 특히나 저학력 저소득 백인층을 중심으로 한 열풍이 뜨겁습니다."

미국 대통령의 미간에 주름이 깊어졌다.

'도렌트가 재벌가 출신의 사업가라는 건 알고는 있는 건가'

도렌트는 지금도 엄청난 재력을 자랑하는 재벌가 출신이다. 그런 그가 저소득층의 적극적이고 열렬한 지지를 받는다는 게 좀 아이러니했다.

"절대악은 뭐라고 하던가?"

"아직까지는 아무런 반응이 없습니다."

캡틴이 조심스레 말했다.

"솔직하게 말씀드리면 그래서 그게 더 무섭습니다."

정황상.

"아서 광산은 절대악이 만들어낸 것이 틀림없습니다."

아서 광산에 관한 자세한 사항도, 절대악이 가장 잘 알고 있다. 그런 그가 침묵하고 있다. 분명히 뭔가 더 있다.

"캡틴. 한국에 좀 다녀오는 게 어떤가? 절대악의 의중을 묻고, 비공식적인 사과도 좀 곁들여서. 지금 당장. 직접 갔다 오면 좋을 것 같아."

그래서 캡틴이 또다시 한국을 찾았다. 그래도 게임상에서 만나는 것과 현실에서 만나는 것은 느낌이 좀 다르니까.

한주혁의 대저택. 캡틴은 사과와 함께 변명했다.

"현재 미국에서 벌어지고 있는 광산 소유 주장은 결코 미국의 공식적인 주장이 아닙니다."

"네. 그렇죠. 저도 알아요."

캡틴의 목덜미에서 식은땀이 흘러내렸다. 절대악의 태도를 보니 더욱 확실히 알겠다.

'뭔가가 분명히 있다.'

절대악은 세상에 영웅으로 알려져 있지만, 마냥 그렇게 선하기만 한 사람이 절대 아니다. 세상은 오해하고 있다. 절대악이 거의 성인군자에 버금갈 만큼의 영웅이라고.

"근데 기분은 좀 나쁘네요."

그렇다고는 해도.

"캡틴에게 뭐라 하는 건 아닙니다."

캡틴이 무슨 잘못이 있겠는가. 그는 잘못이 없다. 캡틴을 질책하지는 않았다. 대신 이렇게 말했다.

"한국에는 백문이 불여일견이라는 말이 있거든요."

"무슨 뜻입니까?"

"대충 백 번 듣는 것보다 한 번 보는 게 낫다는 뜻이에요."

한주혁이 한마디를 덧붙였다.

"중국처럼 말이죠."

중국. 문 타이거라는 재앙을 맞이하여 플레이어들의 영지가 쑥대밭이 됐었다. 블랙샤크를 필두로 한, 반 절대악 움직임은 문 타이거의 등장 이후로 사라졌다.

캡틴은 으스스한 느낌을 받아야만 했다. 이거, 뭔가 잘못되어 가는 것 같다.

"그 말씀은 설마……."

한주혁이 말했다.

"보면 알게 되겠죠. 주변에 플레이어는 별로 없긴 할 텐데……. 그래도 대피령은 내려놓는 것이 좋을 겁니다. 광산의 소유를 주장하려면, 그 광산을 지킬 수 있는 능력도 있어야겠지요."

한 가지 단서를 더 줬다.

"캡틴도 들었다시피. 곧 불꽃이 피어오를 겁니다."

태초의 불꽃이. 의미심장한 한마디를 던졌다.

"미국이 감당할 수 있겠어요?"

란돌은 배를 잡고 웃었다. 정말로 즐거운 듯했다.

"하하하하! 그거 실화입니까?"

"……."

한주혁도 멋쩍게 웃었다. 란돌이 저렇게 말을 할 때마다 적응이 안 된다.

파이라 대륙의 왕자. 다시 말해 중동 왕자인 란돌이 한국말을 저런 식으로 활용한다는 게 신기할 뿐. 참고로 지금 란돌은 번역 아이템을 전혀 사용하지 않고 있다.

'저 정도면 거의 한국인인데?'

절대악 때문에 한국에 왔는데, 한국에 살아보니 한국이 너무 마음에 든단다.

절대악을 도와주려고 '절대악 타운'에 살고 있는데 일단 살아보니 계속 살고 싶다. 나름대로 친구도 많이 생겼고(그는 지금 신분을 숨긴 채 한국어 회화 학원에 다니고 있으며 동호회 활동도 하고 있다) 재미있다. 무엇보다도 절대악을 옆에서 지켜볼 수 있어서 너무나 즐겁다. 이 세상이 변해가는 것을 실시간으로 보고 있는 것 같은 기분이랄까.

"실로 광오한 말이로군요. 미국을 상대로 그런 말을 하시다니."

"광오라는 말도 알아요?"

"배우면 배울수록 뛰어난 언어라는 것을 느낍니다. 배우기도 수월하고 어휘도 다양합니다. 특히 요즘에는 한국어를 공부하고 있는데 개인적으로는 최고의 완성도를 자랑하는 훌륭한 글자라 생각합니다."

"……지금 통역기 사용 안 하고 있는 거 맞죠?"

'이거 어쩌면 나보다 말을 더 잘하는 것 같은데.'

억양도 이 정도면 거의 한국인이나 다름없다. 정말 열심히, 흠을 찾으려고 열심히 들어보면 아주 미세하게나마 억양이 달랐지만, 그냥 들으면 한국인과 다를 게 없었다.

"그럼요. 통역기가 아무리 좋아도 스스로 말을 하는 것에 비할 수나 있겠습니까?"

"그건…… 그렇죠."

통역 아이템을 써도 의사소통에는 전혀 지장이 없다. 그렇지만 그 느낌이 미묘하게 다르다. 란돌이 말하고 있는 게 그거다. 실제로 내가 말을 하는 것이 더 직관적이고 느낌 있는 대화가 가능했다.

"그 누가 미국을 상대로 감당 가능하겠냐는 말을 할 수 있겠습니까?"

이 무슨 말도 안 되는 자신감인가.

한주혁이 머리를 긁적거렸다.

"뭐. 그런가요?"

"그렇습니다. 누가 뭐래도 미국은 세계 제일의 강국입니다. 그 강국 보고 감당 가능하겠냐고 질문할 수 있는 사람은 오로지 절대악뿐일 겁니다."

란돌은 굉장히 기분 좋은 듯 계속해서 웃었다.

"그런데 그 질문을 해도 이상하지 않다는 것도 놀랍군요. 그게 충격입니다. 그런 질문을 해도 전혀 위화감이 없다는 것이."

절대악이니까. 그런 말을 해도 될 것 같다. 광오한 말이지만, 절대악이 하니 광오한 말이 아니게 됐다.

한참이나 기분 좋게 웃던 란돌이 말했다.

"듣자 하니 미국에게 명분을 만들어주셨다고……."

한주혁은 캡틴에게 이렇게 말했다. 미국이 정말 감당할 수 없어서, 도움을 요청하게 되면 그것을 무시하지는 않겠다고 말했다. 다만, 아서 광산에 대한 권리는 일체 주장할 수 없을 거라고 얘기했다.

"캡틴의 뜻이 아니라는 건 잘 알아요."

현재 일부 백인 우월주의자들과 극우주의자들이 극성을 부리고 있는 상황. 캡틴은 그런 성향의 사람이 아니라는 걸 잘 안다. 현 미국 대통령의 뜻이 아니라는 것도 안다. 하지만 미국대통령은 대통령. 여론에 신경을 쓸 수밖에 없다.

"근데 그냥 가만히 있을 수는 없어서요. 가만히 있으면 호구로 보니까."

캡틴의 등 뒤로 식은땀이 줄줄 흘러내렸다. 자신이 잘못한 건 아닌 것 같은데 자신이 잘못한 것 같은 기분이 들었다.

"현재 시점에서. 저는 아서 광산을 포기합니다"

"……."

캡틴은 소득 아닌 소득을 얻어 미국으로 돌아갔다.

절대악이 아서 광산을 포기한단다. 아메리아 대륙에 생성된 광산이니 그것은 아메리아 대륙의 플레이어, 다시 말해 미국 플레이어들의 것이라고 했다. 도렌트 대통령 후보의 지지도가 급상승했다. 안 그래도 열풍이 일었는데, 그 열풍이 더더욱 뜨거워졌다.

"그렇습니다! 미국 시민들의 강력한 염원이 이러한 쾌거를 이루어냈습니다. 미국에, 미국에 의한, 미국을 위한! 그러한 열풍이 이 땅 가운데에 불고 있습니다! 광산은 결코 아시아의 절대악이 소유할 수 없습니다. 자랑스러운 미국 시민들의 것입니다!"

도렌트에 열광하는 지지자들이 점점 늘어났다. 그럴수록 현 미국 대통령의 미간에는 주름이 늘어났다.

"절대악이 그렇게 단순한 사람이 아닐 텐데."

절대악은 그렇다 쳐도.

"그 옆의 참모 NPC들이……."

절대악이 무서운 이유는 절대악의 무력도 있지만 절대악을 보좌하는 참모 NPC가 있다는 거다. 물론, 시르티안을 포함한 장로들의 정체를 정확하게 파악하지는 못하고 있지만 절대악을 보좌하는 NPC들이 있다는 것은 알고 있다.

"이렇게 순순히 광산 소유권을 넘겼다는 건……. 분명 뭔가 있다는 것 아닌가."

"그렇습니다. 미국더러 감당할 수 있으면 감당해 보라고 했습니다."

"미치겠군."

다른 한편으로 생각해 보면 오히려 잘된 일일 수도 있다.

"오히려 이번 사건이 기회가 되어 도렌트 열풍을 잠재울 수 있지 않을까요?"

"절대악이 오히려 이쪽에게 명분을 주고 있다고 생각할 수도 있어."

현재 여론의 힘을 등에 업고 있는 사람은 도렌트다. 백인 우월주의자들과 저학력 저소득 백인층이 중심이 되어 퍼지기 시작한 도렌트 열풍이 점차 다양한 사람들에게 퍼지고 있는 중이다.

"조금만…… 기다려 보도록 하지."

"절대악이 이런 말도 했습니다. 불꽃이 타오를 거라고."

봉화대에서 불꽃이 타오르는 건 그다지 이상한 일이 아니다.

"혹시 모르니 저희 쪽 전력은 봉화대에서 최대한 멀리 떨어뜨려 놓겠습니다."

"내가 한번 절대악에게 사정해 보도록 하겠네."

미국 대통령이 절대악에게 직접 전화를 걸었다. 딱 하나, 단서만 주면 좋겠다.

한주혁이 전화를 받았다.

-전화하셨네요.

한주혁의 목소리는 태평했다. 그 대단하다는 미국의 대통령의 전화를 받고서도 별다른 감흥이 없었다. 그 스스로도 신기할 지경.

-제가 전화할 것을…… 이미 알고 계셨습니까?

-그럴 수도 있다고는 생각했어요.

대통령은 순간 말문이 막힐 뻔했다. 역시 절대악은 현재의 이 상황을 꿰뚫어 보고 있는 중이다. 최소 한 수, 아니, 두 수 이상은 멀리 내다보고 있다. 미 대통령은 그걸 확신했다. 수 싸움은 의미 없다. 지금 그는 절대악을 상대로 정치를 하려는 게 아니다. 그러고 싶지도 않다.

-도와주십시오.

-뭘요?

-미국이 감당할 수 없는 무언가가 있을 거라 말씀하셨다 들었습니다.

그게 뭔지는 말을 안 해줬다.

-저 같아도 말해주기 싫었을 것입니다. 일부 세력들의 주장과 현재 미국에서 벌어지고 있는 도렌트 열풍에 기분이 상하셨을 수 있다고 생각합니다. 그러한 것들에 진심으로 사과드립니다.

한주혁은 어깨를 으쓱했다. 미 대통령에게 갑질할 생각은 없다. 사과를 들었으니 됐다. 어차피 한주혁도 그를 괴롭힐 작정은 아니었다.

 -다른 건 모르겠고…… 봉화대 근처에서 떨어지세요.

 확실합니까? 왜 그런 겁니까? 진짜입니까? 그런 식의 질문은 하지 않았다. 그냥 딱 거기까지만 듣기로 했다. 그나마 상대가 절대악이라 다행이다. 절대적 영웅은 아니지만, 그래도 상식을 지켜주는 사람이다. 이 정도면 됐다.

 -조언 감사합니다. 미국 플레이어들에게 대피령을 내리겠습니다.

 미국 대통령이 어벤져스 연합을 통해, 백악관과 어벤져스의 뜻을 전달했다.

 -봉화대 근처는 위험합니다.

 -봉화대 주변으로의 출입 자제를 권고합니다.

 강제는 아니다. 말 그대로 '권고'의 형태다. 수많은 플레이어들이 그 권고를 비웃었다. 비웃음의 중심에는 역시 '도렌트'가 있었다.

 도렌트가 대놓고 이렇게 말했다.

 "봉화대 근처에는 아서 광산이 있습니다. 이 아서 광산의 이득을 독점하려는 것 아니겠습니까?"

 실제로 현 정부가 그 광산을 독점하려는지, 아닌지. 그런 건 중요하지 않다. 그는 현재 급부상하고 있는 새로운 후보다. 어떻게든 대중의 관심을 받는 게 중요했다. 그렇게 판단했다. 이런 발언은, 현 정부를 겨냥하면서 수많은 사람들의 지지를 받을 수 있는 발언이다.

당연히 사람들마다 의견이 갈렸다.

'정부의 의견을 들어야 한다. 위험할 수 있으니 그곳으로의 출입을 자제해야 한다'라는 의견과 '이건 정부가 이득을 독차지하려는 것이다. 원래 하이 리스크 하이 리턴이다. 광산에서 중요한 스팟을 먼저 선점하는 곳이 엄청난 이득을 가져갈 것이다'라는 의견이 팽팽하게 대립했다.

수천명의 플레이어가 아서 광산을 찾았다. 아서 광산에 매장되어 있는 몬스터 스톤이 얼마만큼 되는지. 아직은 알 수 없으나 그곳에서 커다란 수익을 올린 사람들도 속속들이 등장했다. 올림푸스 매니아의 미국 서버에서도 매일같이 인증 글들이 올라왔다.

-나는 오늘 하루 만에 4,000달러 벌었음.
-겨우 그것밖에 못 벌었나? 나는 10,000달러 벌었음.
-아…… 나도 분발해야겠네. 나는 오늘 2,000달러밖에 못 벌었는데.

아서 광산은 말 그대로 보물이 묻혀 있는 곳이었다. 몬스터 스톤은 공급이 수요를 따라가지 못하고 있는 상황이다. 광산

하나쯤 더 발견되었다고 몬스터 스톤의 가격이 변하거나 하지는 않았다.

　-여기 대박임. 위험하긴 뭘 위험함?
　-난 여기서 가능성을 발견했음.

　하루가 지나고 이틀이 지났다. 도렌트의 주장이 힘을 얻기 시작했다.

　-도렌트 말이 맞는 거 아님?
　-현 정부가 절대악과 부정하게 결탁해서 이득을 독식하려던 거 아닐까?
　-난 여기서 인생 역전의 가능성을 봤는데. 하루에 10,000달러를 3일 연속 벌었음. 이 정도면 작은 복권 아님?
　-나는 도렌트 지지하기로 마음먹음.

　시간이 지날수록, 아서 광산에서 수익을 올리는 사람들이 점점 많아졌고 그에 따라 도렌트 열풍은 더욱 거세졌다. 현 정부에 대한 비판의 정도도 높아졌다. 겁쟁이라고, 아무것도 없는데 괜히 쫄아서 무서워했다고 말이다.
　하루가 지나고 또다시 하루가 지났을 때. 그러니까 아서 광산이 생겨나고 약 8일가량이 지났을 때, 누군가가 아서 광산을 찾았다. 특별한 사람처럼 보이지는 않았다. 한 쌍의 젊은 남녀. 특별할 것 없는 로브를 뒤집어쓴 여자 한 명(얼굴이나 몸이 보이는 것은 아니지만, 체격으로 보았을 때 여자일 확률이 높았다)과 탐험가라 짐작되는 남자 하나였다. 둘은 NPC였고, 아무도 그들에게 관심을 가지지 않았다. 플레이어들은 물론이고 NPC들도 이곳에 관심을 가지고 있는 상황이니까.

여자 NPC가 귓말로 말했다.

-팬더. 여기가 맞죠?

-맞아. 저기 봉화대가 보이는군.

-플레이어들에게 배웠답니다. 이곳 플레이어들을 양키라고 말한다고 해요.

-비속어 아닌가? 비하는 좋지 못해.

-지금 그게 중요해요? 베르디는 지금 여기 이놈들을 싸그리 다 죽여 버리고 싶은데 참고 있는 것이어요. 감히 우리 주군께서 피땀 흘려 이룩한 광산에서 도둑질을 하고 있는 것 아니어요! 도둑놈 새끼들을 비하하면 안 되나요? 팬더는 선비충인가요?

-……어디서 자꾸 이상한 말을 배워오는군.

베르디가 방긋 웃었다.

-주군께서는 플레이어시니까, 플레이어들의 말을 많이 배워야 한다고 생각한답니다. 주군 오라버니와 더더욱 친해지고 싶으니까요! 베르디는 주군 오라버니와 절친, 아니, 베프가 되고 싶사와요.

베르디가 봉화대 앞에 섰다.

-에르페스 놈들이 없으니 운신이 자유로와 좋사와요.

-집중해, 흔적이 남지 않도록. 괜히 우리가 움직였다는 것을 들키면 피곤해질 수 있다. 무논리로 논리를 만들어내어 사람들을 선동하는 것이 올림푸스와 바깥 세계 정치인들의 전략 중 하나니까.

-팬더와 베르디가 힘을 합친 조합이어요. 티도 안 날 거고 흔적도 안 남을 것이야요. 주군 오라버니께 폐가 될 수는 없으니 베르디는 초초초집중 상태랍니다. 아참, 지금 저는 뇌를 두 개로 나눠서 사용하고 있는 것이어요. 걱정 붙들어 매셔요.

베르디에게 알림이 들려왔다.

-태초의 불꽃을 사용하시겠습니까?
-태초의 불꽃 잔여 사용횟수는 1회입니다.
-사용된 태초의 불꽃은 복구되지 않습니다.

베르디가 태초의 불꽃을 사용했다. 데르탄 평지에 필드 알림이 들려왔다.

-데블 크리스탈 봉화대에 불꽃이 피어오르기 시작합니다.
-최초의 데블 크리스탈 봉화대와 같은 종류의 불꽃으로 판별됩니다.

봉화대란, 위급한 상황을 알리기 위한 일종의 경보장치다.

-데블 크리스탈 봉화대의 1차 봉인이 해제됩니다.

그 경보장치에서 경고를 알리는, 불꽃이 피어오르기 시작
했다.

6장
도렌트 역풍

-데블 크리스탈 봉화대의 1차 봉인이 해제됩니다.

데블 크리스탈 봉화대의 1차 봉인 해제. 그것은 한주혁도 이미 경험했었던 일이다.

한주혁에게는 별것 아니었다. 아서 대륙에 나타났던 수많은 몬스터 군단은 베르디와 요르한에 의해 거의 박멸되다시피 했으니까.

그렇지만 미국은 아니었다. 미국은 베르디와 같은 광역계 마법사 NPC를 수하로 두지 못했으니까.

-속보. 아서 광산 플레이어 전원 사망.

전 세계에 속보가 떴다. 지난 며칠간 황금을 낳는 땅으로 불렸던 드레탄 평야가 죽음의 땅이 됐다.

시간이 좀 더 흐르자 더 자세한 정보가 흘러나왔다.

-아서 광산에서 몬스터 집단 출몰.

-아서 광산 내 플레이어. 단 한 명도 탈출하지 못해.

아서 광산에 들어갔던 플레이어는 대략 5,000여 명 수준. 그 플레이어 전원이 사망했단다.

한국에도 그 소식이 전해졌다.

"그 얘기 들었냐? 한 1,000명 정도 델리트됐대."

"광산이 던전이었어? 그런 얘기 없었잖아."

"미국 정부에서 이미 대피하라고 권고했었는데 개무시했다나 봐."

"와. 근데 델리트 1,000명은 좀 심한데?"

5,000명이 사망했고 1,000명이 델리트됐다. 최근 아메리아 대륙에 일어났던 사건 중에서 가장 큰 사건이었다.

"근데 문제는 광산에서 몬스터들이 꾸역꾸역 튀어나오고 있다는 거야."

"도대체 무슨 몬스터들이길래 플레이어들이 몰살이야?"

"문 타이거."

"뭐라고?"

문 타이거, 과거 중국을 공포로 몰아넣었던 엄청난 몬스터 아닌가.

"문 타이거? 그 레벨 300 넘는 괴물?"

"……가 쩌리로 보일 정도의 몬스터 군단이래."

"말도 안 돼."

문 타이거. 그 개체 하나로만 중국이 절대악에게 싹싹 비는 상황까지 갔었다. 그런데 문 타이거도 아니고, 문 타이거가 '쩌리'로 보일 정도의 상황이면 도대체 어느 정도의 상황이란 말인가.

미국 대통령에게도 즉각적으로 보고가 올라갔다.

"전원 사망……."

전에 절대악이 이렇게 얘기했었다.

"미국이 감당할 수 있겠어요?"

개인이 미국에게 하는 말치고는, 지나치게 거창하긴 했지만 절대악의 말이 맞았다.

"절대악의 경고가…… 진짜였군."

봉화대 근처에 가지 말라고 이미 권고는 해놨지만 일단 일은 벌어졌다. 수습은 해야 했다.

"통제령을 내려."

다행히 드레탄 평야는 버려진 땅이나 다름없었다. 일반적으로 플레이어들이 플레이하는 곳이 아니다. 그곳에 생성된 몬스터들을 굳이 찾아가지 않는 한, 그 몬스터들에게 피해를 입을 일은 별로 없다는 뜻이다.

그렇게 약 1시간이 흘렀을 때. 또 다른 뉴스들이 미국을 강타했다.

미국 플레이어 중 한 명인 토마스는 무언가를 발견했다.

"저, 저게 뭐야!"

입을 쩍 벌렸다.

"이런 미친! 튀어!"

도망쳐야 했다. 집채만큼 커다란 몬스터가 이쪽을 향해 달려오는 게 보였다.

'여기에 왜 문 타이거가!'

이곳은 문 타이거가 있을 만한 곳이 아니다. 중레벨 존이라 불리는 곳으로, 끽해야 레벨 40대 몬스터들이 출몰하는 곳이다. 이곳에 레벨 300대 몬스터가 나타났다.

'새끼?'

하지만 그런 건 중요하지 않았다. 새끼든 뭐든, 문 타이거는 문 타이거다. 새끼만 해도 레벨 100에 이른다. 절대 못 잡는다.

"헉!"

토마스는 도망치려 했지만 도망치지 못했다.

"무슨 일이 일어난 거냐?"

검은 잿더미가 된 그가 중얼거렸다. 그가 주위를 둘러봤다. 검은 잿더미가 제법 많았다. 방금까지 같이 사냥하던 동료들도 사망했다.

"너도 죽었냐?"

"나 왜 죽었지?"

"왜 죽었는지 모르겠다."

고통을 느끼지도 못했다.

"설마…… 저거 때문인가?"

봉화대 근처에 굉장히 낡은 로브를 뒤집어쓴, 마법사 형태로 보이는 몬스터 하나가 보였다.

"리치 퀸……?"

로브 모자 안쪽에는 사람의 얼굴 대신 해골이 자리 잡고 있었다. 손도 뼈밖에 없었다. 흔히 보는 해골 메이지와는 급이 다른 몬스터 같았다.

"리치인데…… 마법사 형태의 몬스터네."

검은 잿더미들은 상황을 이해할 수 있었다.

"쟤가 마법 써서 우리 죽인 거 같은데."

"고통을 느낄 새도 없이……?"

올림푸스 세계기에, 특별한 상황이 아니면 그렇게 큰 고통을 느끼지는 못하지만 아무리 그래도, 이번 같은 경우는 아예 아무것도 느끼지 못했다.

"……이게 무슨 상황이야?"

그들도 속보로 이미 들었었다.

"저 정도 급의 몬스터는 드레탄 평야에나 나타난 거 아냐? 왜 여기에 저런 놈이……?"

"……저거 봐라."

검은 잿더미들은 강제 로그아웃 직전에 볼 수 있었다.

"저 구……."

토마스는 그렇게 로그아웃을 당했다. 그가 하려고 했던 말은 '저 구름 같은 건 뭐냐?'였다.

캡슐에서 빠져나온 토마스가 망연자실한 상태로 중얼거렸다.

"뭐, 뭐였지, 방금, 그건?"

그는 무언가에 홀리기라도 한 듯, 컴퓨터 앞으로 휘적휘적 걸어갔다.

'내가 본 게 환상이 아니라면…….'

자욱이 피어오르던 흙먼지. 그것은 흙구름이었다.

'그게 진짜였다면…….'

올림푸스 매니아에 접속했다. 미국 서버는 거의 폭주 상태. 미국 전역에서 이와 비슷한 일들이 벌어지고 있었다. 드레탄 평야를 중심으로 하여, 여기저기 봉화대에 불이 켜지고 있는 상황.

토마스는 눈을 꿈뻑거렸다.

"그러니까…… 봉화대에 불이 켜지면 거기 몬스터 군단이 출몰한다고?"

약간의 차이는 있었다.

"드레탄 평야에 나타난 놈들이 가장 강력한 개체."

그를 중심으로 하여 멀어지면 멀어질수록 약한 몬스터가 나타난단다.

"이게 말이 돼?"

토마스. 그는 스스로 고수는 아니지만 중수급에는 들어간 다고 생각했다. 그의 레벨은 47. 자신의 팀원들도 레벨이 비슷 비슷하다. 그 비슷한 레벨의 플레이어 12명이 순식간에 사망 했다. 공격을 느낄 새도 없이.

"드레탄 평야랑 여기랑 직선거리로만 해도 600마일(약 1,000㎞)은 떨어져 있는데."

물론 곳곳에 설치되어 있는 워프 포탈을 이용한다 치면, 그 물리적 거리는 크게 의미 없기는 했지만 어쨌든 가까운 거리 는 절대 아니었다.

이 비슷한 일은 토마스만 당한 것이 아니었다. 아메리아 대 륙 곳곳에 생겨난 봉화대 근처에서, 전국적으로 50만 명 이상 의 사망자가 발생했다.

그중 10만 명가량이 델리트되었고, 피해는 앞으로도 눈덩이 처럼 불어날 것이 분명해 보였다.

흑흑연합의 로랑이 침을 꿀꺽 삼켰다.

"중국에도 봉화대가 생기지 않았습니까?"

아메리아 대륙과는 완전히 다른 대륙이다. 기반 자체가 다르다. 그렇다고는 해도.

"아메리아 대륙에 생겨난 것보다 약할지라도……."

그렇다고는 해도.

"문 타이거 하나만 나타나더라도 커다란 피해로 이어질 수 있습니다."

전 세계가 바짝 긴장했다. 봉화대는 아메리아 대륙에만 나타난 것이 아니다. 전 세계에 있다. 아메리아 대륙 봉화대에 나타난 몬스터들. 다른 대륙 봉화대에 나타나지 않으리란 보장이 없지 않은가.

유럽 연합을 대표하는 마법 연합의 샤먼도 입술을 깨물었다.

"도렌트 그 병신 같은 놈들이 삽질만 안 했어도."

그냥 애초에 절대악 말 잘 들어서, 절대악이 그곳을 평정하게 내버려 뒀으면, 최소한의 이득은 볼 수 있었을 거다.

어쨌든 그곳은 아메리아 대륙이고 절대악의 성향상 이득을 완전히 독차지하지는 않았을 테니까.

"우리 봉화대 쪽 감시 인원을 대폭 늘려야 해."

지금으로써는 봉화대에 나타난 몬스터들을 상대할 능력이 없다. 대피하는 것이 최선일 뿐.

미국 내에서 불었던 '도렌트 열풍'은 '도렌트 역풍'으로 거세게 휘몰아치기 시작했다.

-이 상황을 어떻게 할 거냐!

-10만 명이 넘게 델리트당했다.

-도렌트는 이 상황을 책임져라!

아서 광산을 젖과 꿀이 흐르는 필드라고 소개했던 도렌트
다. 도렌트의 지지도가 급속도로 하락하기 시작했다. 상승 속
도도 매우 빨랐는데, 하락 속도는 더욱 빨랐다.

수많은 미국인들이 또 하나의 사실을 접했다.

-한국에는 애국 집회라는 것이 있었다 함.

한국에 존재하던 애국 집회. 그 영상들이 유튜브와 올림푸
스 매니아를 통해 미국 전역에 퍼지기 시작했다.

-이게 뭐지?

-분명 한국인데?

한국에서 시위를 하고 있는 영상인데.

-왜 성조기를 흔들어?

-뭐냐, 쟤넨?

한국에서 시위를 하는데 왜 미국 성조기를 흔든단 말인가.
미국인들은 이 상황을 이해하기 힘들었다.

-아니, 근데 지금 저게 중요한 게 아님.

사실상 미국인들은 애국 집회에 참여하는 사람들이 태극기
를 흔들든, 성조기를 흔들든, 크게 관심은 없었다.

-쟤네가 절대악을 매국노로 몰아가서 절대악이 학을 뗐다 함.
-매국노?

수많은 사람들이 그 말을 이해하지 못했다.

-어째서 매국노?
-무슨 논리임? 자세하게 설명 좀.

한국의 상황을 제법 자세하게 아는 사람들이 설명을 열심
히 했으나 미국인들은 논리적으로 이해하지 못했다.

-절대악이 아서 광산을 만들었다 치고. 그게 아메리아 대륙에 만들어졌다
치고, 오케이. 거기까지는 알겠음. 근데 그게 왜 나라 팔아먹는 반역 행위임?
-저들의 논리는 저걸 센티니아나 루니아 대륙에 만들어야 했다는 뜻인가?

이해할 수 없었다. 국부 유출이라니. 애초에 아서 광산이 한국에 포함되어 있는 재산도 아니지 않은가.

-왜? 몬스터 잡아서 나오는 아이템도 나라 거라고 우기지?
-수출하면 매국노인가?

미국인들은 분노했다.

-저들 때문에 절대악이 열 받아서 아서 광산 포기했다 함.

아서 광산이 대단하긴 하지만, 그래도 절대악의 재산도 어마어마하다.

-그런 더러운 꼴 보느니, 그냥 깔끔하게 포기하기로 한 것 같음.
-뭐 저런 병신같은 새끼들이 다 있어?

애국 집회에서 주장하는 논리도 이해할 수 없을뿐더러, 거기에 동조하며 태극기를 흔들어대는 모습은, 분노한 미국인들이 보기에는 사이비 신도들 같았다.

-광산 소유권을 넘기기 전에 절대악이 분명 경고했다 함.

그 말을 많은 미국인들이 무시했다. 미국 대통령이 다시금 전용기를 타고서 절대악을 찾았다는 소식이 전해졌다. 지금의 이 상황을 타개할 수 있는 사람은 절대악이 유일했으니까.

미국 대통령이 한주혁의 손을 잡았다.

"제발 도와주십시오. 미국의 운명이 걸렸습니다."

봉화대 근처에 나타난 몬스터들은 감히 어떻게 손을 쓸 수 없을 정도의 강력함을 자랑했다. 이 몬스터들이 봉화대 근처를 벗어나, 조금씩 더 적극적으로 움직인다면 미국은 당장에라도, 최소 50년 전으로 돌아가 버리고 말 것이다. 대통령은 이 상황을 어떻게든 타개해야 했다.

한주혁이 대답했다.

"감당할 수 있겠냐고 물었던 걸로 기억하는데요."

"물론 기억합니다."

"여론에 떠밀려서 어쩔 수 없었죠?"

한주혁도 대통령의 입장을 이해 못 하는 건 아니다. 하지만 한주혁에게도 한주혁의 입장이 있다.

"안 도와줄래요."

"……."

"호의가 계속되면 호구로 보더라고요. 이번처럼."

너무 쉽게 도와주고 너무 쉽게 퍼주면, 또 너무 쉽게 본다. 한국이 그랬고 중국이 그랬다. 세상 사람들이 살아가는 방식이라는 게 다 비슷비슷하다는 것을 한주혁은 몸으로 배워가고 있다.

"저도 그 광산 만드는데 어마어마한 시간과 노력과 재물을 쏟아부었는데. 한순간에 포기해야 했어요."

사실 그렇게 어마어마한 시간과 노력과 재물을 쏟아붓지는 않았다. 몬스터 군단은 베르디와 요르한이 몇 초 만에 정리했고 태초의 불꽃은 제국에서 줬으며 재물이라고는 이미 갖고 있던 데블 크리스탈을 소모했을 뿐이다.

"억울하더라고요."

사실 별로 억울하지도 않았다. 이 상황을 이미 예상했기에. 하지만 그 억울하다는 말이 미국 대통령에게는 사형선고처럼 들렸다.

미국 대통령이 거의 울 듯한 표정으로 다급하게 말했다.

"귀하의 비통한 심정을 이해합니다. 저희가 진심으로 사과드립니다. 절대악이 만들어낸 광산에, 그것도 버려진 땅에 만들어진 광산을 지나치게 독점하려 들었습니다. 저희의 과오이고, 저희의 독단이고, 저희의 실수였습니다. 그 실책을 뼈저리게 반성하고 있습니다. 제게 그럴 자격이 있을지는 모르겠지만, 미국 시민들을 대표하여 진심으로 사과드립니다."

미국 대통령은 미국인들을 대표해서 계속해서 말을 이었다. 미국인들의 표현을 빌리자면, 도렌트와 미국인들이 싼 똥을 대통령이 치우는 중이다. 자존심 다 버려가면서 말이다.

"중국은 한 번 도와주시지 않았습니까? 이런 일이 재발하지 않도록 노력하고 또 노력할 것입니다. 제발 미국을 한 번만 도와주십시오."

미국 대통령은 한주혁의 입을 주시했다.

'제발.'

이대로 두면, 만약 봉화대 근처에 몰려 있는 몬스터들이 한바탕 난리라도 치게 된다면. 그렇게 되면 미국의 존속 자체가 위험해질 수도 있다.

'제발……!'

드디어 한주혁이 입을 열었다.

———

세 시간 전, 천세송은 이렇게 얘기했다.

"뭐라고? 미국 대통령 아저씨가 또 찾아온다구요?"

천세송은 입술을 앙다물고 혼자서 팔짱을 꼈다. 고개를 절레절레 젓고서 인상을 살짝 찡그렸다. 굉장히 중요한 것을 말하듯 이렇게 말했다.

"응. 안 돼. 돌아가."

진지하게 말하는 그 모습에 한주혁은 피식 웃고 말았다.

"그렇게 말해?"

"괘씸하잖아. 물론 대통령 아저씨가 잘못한 건 아니지만…….

지금 같아서는 미국 안 도와주고 싶어요. 도렌트 열풍인가 그것도 싫고. 길 가다가 똥 밟으면 좋겠어!"

한세아처럼 표현이 격하지는 않았지만 한주혁은 천세송의 심정을 이해할 수 있었다. 한주혁은 천세송의 머리를 슥슥 쓰다듬었다.

"그냥 안 도와줘. 변비라고 할게."

그렇게 세 시간이 흘러, 미국 대통령이 숨을 죽여 선고(?)를 기다리고 있을 때. 한주혁이 입을 열었다.

"도와는 드릴게요."

대통령은 하마터면 한주혁을 덥썩 끌어안을 뻔했다.

"저, 저, 정말이십니까?"

됐다. 도와준다는 저 한마디면 됐다. 저 한마디가 미국의 운명을 바꾼다. 그런데 한주혁이 이해할 수 없는 말을 했다.

"혹시 변비에 좋은 약 좀 갖고 계세요?"

"……예?"

대통령은 순간 통역기가 잘못된 줄 알았다.

신뢰도 99퍼센트 이상을 자랑하는, 올림푸스에서 가져온 마법문명. 통역 아이템이 오작동을 일으켰을 수도 있지 않은가. 1퍼센트의 확률로.

"마법통신구가 오작동을 일으킨 것 같습니다. 정말 죄송합니다만 한 번만 더 말씀해 주시겠습니까?"

"제가 시간이 좀 필요할 거 같거든요."

"시간…… 말입니까?"

시간과 변비. 그 어떤 현학적인 메세지가 숨어 있는 것일까. 어떤 정치적인 판단이 깔려 있는 것일까.

미국 대통령은 머리를 열심히 굴렸다.

"한 5일 정도 화장실에 있어야 할 것 같아요."

시간이 필요하다. 지금 미국에게 필요한 것은 '경험'이다. 한 주혁은 예전에 제대로 배웠다. 사람들은 맞아봐야 맞는 게 아픈 줄 안다. 맞으면 아픈 게 당연하다. 그런데 사람들은 종종 그 사실을 잊고, 그 아픔을 간과한다. 머리로는 아플 것을 아는데, 자기가 맞으면 안 아플 줄 안다.

미국 대통령은 한주혁이 하는 말이 무슨 뜻인지 깨달았다.

'절대악은 지금…….'

미국 전체에 충격 요법을 실행하려는 것 같다. 진짜 한번 맞아보라고. 맞아보면 진짜 아픈 줄 알 거라고.

'미국과 중국이 같은 길을 걸을 줄이야.'

중국이 한때, 절대악을 배척하며 '반 절대악' 운동을 벌였던 적이 있다. 지금 그때와 상황이 비슷하지 않은가. 그때 중국은 문 타이거 한 마리에게 죽도록 얻어맞았다. 얻어맞고 보니 많이 아팠던 듯싶다. 그 이후로 반 절대악 운동은 완전히 사라졌고 절대악은 헬 하운드 목장의 정식적인 소유권을 인정받을 수 있게 됐다.

'안 돼.'

5일이면 피해가 너무 크다. 최근 들어온 보고에 따르면 봉화대 근처의 몬스터 군단이 슬슬 다른 지역으로 움직이려 한단다.

그가 황급히 말했다.

"변비에 아주 좋은 약들을 갖고 있습니다."

화장실에 있는 시간을 획기적으로 줄여줄, 변비에 좋은 약. 첫 번째.

"미국은 정부 차원에서 공식적인 사과를 하겠습니다."

대통령은 한주혁의 눈치를 힐끗 살폈다. 과연 내가 말하는 변비약이 저 변비의 시간을 좀 줄여줄 수 있을까.

'5일이라고 했었나?'

3일도 안 된다. 보아하니 절대악이 바로 도와줄 생각은 없어 보인다. 미국이 몬스터 군단에게 어느 정도 피해를 입는 상황을 두고 볼 생각인 것 같다.

'줄여야 돼.'

지금 당장 도움을 받을 수 없다면 이틀, 아니, 하루로 줄여야 한다. 절대악의 도움을 1초라도 빨리 받아야 한다.

변비에 좋은 약. 두 번째.

"미국은 절대로 드레탄 평야에 대한 소유권을 주장하지 않을 것입니다."

드레탄 평야는 아서 광산이 속해 있는 필드다. 원래 버려져 있던 곳이 이번에 아서 광산과 블랙 크리스탈 봉화대가 생기면서 유명해졌을 뿐이다.

"특히, 드레탄 평야에 생성된 아서 광산이 플레이어 아서, 즉 절대악 귀하의 것임을 정부 차원에서 인정하겠습니다."

한주혁이 어깨를 으쓱했다. 표정이 나빠 보이지는 않았다. 그렇다고 그렇게 흡족한 것처럼 보이지도 않았다. 미국 대통령이 숨 가쁘게 말을 이었다.

변비에 좋은 약. 세 번째.

"최근 약 8일간 아서 광산에서 플레이어들이 취득한 몬스터 스톤의 가치를 계산하여 보상하도록 하겠습니다."

아서 광산은 이름에서 알 수 있듯, 절대악인 아서가 오픈시켰다. 지금 미국은 그것을 공식적으로 인정하겠다는 얘기다.

베르디의 말에 따르면 '도둑놈들'이 취득한 모든 것들을, 정부 차원에서 보상한다고 했다.

변비에 좋은 약. 네 번째.

"절대악에 악영향을 끼친 도렌트를 직접적으로 지명하여 규탄하고, 한국 내에서 벌어지고 있는 애국 집회의 인물들에게도 저희 측 입장을 정확하게 전달하겠습니다."

한주혁이 말했다.

"배가 좀 덜 아픈 것 같네요."

화장실에 그렇게 오래 있지는 않아도 될 것 같다.

미국 대통령의 연설이 전 세계 전파를 탔다.

-저는 미국 시민을 대표하여, 절대악의 사유재산을 침범하였다는 것을 공식적으로 인정하고 사과합니다.

한국 국민들 역시 그 연설을 실시간으로 지켜봤다. 말 그대로 역사적인 사건이었다.

"대박이긴 하다."

"미국이 한국한테 고개를 숙였어?"

그냥 고개를 숙인 것도 아니고 납작 엎드렸다. 그것도 이렇게 대놓고.

"말은 바로 해야지. 미국이 한국한테 고개를 숙인 게 아니고, 미국이 절대악한테 고개를 숙인 거 아니겠냐?"

"맞네. 그거네."

미국 대통령의 연설에는 이러한 내용도 담겨져 있었다.

-절대악의 광산 생성 행위는 한국의 국익을 미국에 판 행위가 아니었음을 인정합니다. 한국의 국익에 그 어떠한 해악도 가하지 않았습니다.

성조기를 흔들어대며 절대악을 매국노로 욕하던 애국 집회 사람들을 저격하는 말이었다.

젊은층을 중심으로 하여 절대악 옹호론이 펼쳐졌다.

"맞지. 매국노? 개같은 소리 하지 말라고 해."

"그 뭐야, 애국 집회 그 새끼들. 예전 대연합들이랑 기득권 세력한테서 알바비 받고 있는 정황도 나온다던데?"

확실한 건 아니다. 하지만 제법 그럴듯한 소문이 퍼지기 시작했다. 그와 반대로 절대악의 이름값은 또 한없이 높아지기 시작했다.

"국격 올라가는 소리 안 들리나?"

"이게 국뽕이지."

굉장히 많은 숫자의 한국 국민들은 이번에도 '크, 국뽕에 취한다!'라며 현재의 상황을 표현했다. 그 대단하다는 미국이 한국인에게 고개를 숙이고 도움을 갈구하고 있다.

절대악이 존재하기에 미국도 한국을 업신여기지 못한다. 많은 이들이 그렇게 생각했고, 실제로 절대악과 관련이 없는 분야에서도 한국은 절대악의 후광을 많이 받고 있는 중이다.

"무역, 경제, 외교 등 모든 분야에서 절대악 이펙트가 작용한다던데."

"아. 그 얘기 나도 들어봤다. 절대악 이펙트 때문에 국격이 진짜 높아졌다더라."

정치면 정치, 외교면 외교, 무역이면 무역.

세계의 다른 나라들이 한국을 대할 때 조심스러울 수밖에 없었다. 한국을 등쳐먹을 수 없게 됐다. 한국에는 절대악이 버티고 있으니까. 그 사실 하나만으로도, 실제로 국격이 엄청나게 높아졌다.

물론, 모든 미국인이 대통령과 뜻을 같이한 건 아니었다.

"나는 절대악에게 사과 따위 한 적 없다!"

"미국이 어째서 절대악에게 사과를 해야 하는 것이냐? 나는 인정할 수 없다."

어떤 이들은 대통령이 무슨 권한으로 자신들을 대표하여 절대악에게 사과하느냐 항의하기도 했다. 하지만 그런 항의는 금방 사그라졌다.

"닥쳐. 뇌 없는 인간들아. 지금 그렇게 떠들었다가 절대악이 진짜 기분 나빠져서 안 도와주면 그 뒷감당은 어떻게 하려는 거냐?"

"지금 피해가 얼마나 큰지 알고 하는 소리냐?"

피해 관련 뉴스가 연일 쏟아져 나왔다.

-누적 델리트 플레이어 숫자가 20만 명에 육박하면서…….

-많은 플레이어들이 이러한 현상을 '연쇄 점화 현상'이라 일컬으며 자신의 터전 근처 봉화대에 점화되는 것을 두려워하고 있습니다.

처음에 데르탄 평지 봉화대의 몬스터들을 제압하지 못하자, 그다음 봉화대에서, 또 다음 봉화대에서, 그리고 또 다음 봉화대에서 몬스터들이 계속해서 등장했다.

인류가 여태껏 마주하지 못했던 종류의 강력한 몬스터들. 하나하나가 초고난이도 던전의 히든 보스 몬스터 쯤 되는 몬스터들이다.

-미국은 역사가 기록되기 시작한 200년 이래로 가장 큰 위기를…….

현재 미국은 대혼란에 빠진 상태. 곡창지대 카를로스에 이프리트가 나타났을 때와는 비교도 할 수 없었다.

그러던 와중, 한 줄기 희망의 빛이 미국 땅에 스며들었다. 한국에서 절대악이 아닌, 성좌들이 찾아왔다.

아메리아 대륙. 아이템의 성지라 불리는 그곳에 3번 성좌 신실한 처단자 다르크와 4번 성좌 인형술사 Siri가 모습을 드러냈다.

거기에 또 다른 성좌. 여태껏 모습을 드러내지 않았던 6번 성좌 '에르간'이라는 플레이어도 모습을 드러냈다.

아메리아 대륙 덴티카스 산맥. 그곳에 모여 있는 몬스터 군단을, 성좌 세 명과 많은 숫자의 미국 플레이어가 합심하여 처리했다.

잠시 때를 기다리던(맞으면 아프다는 사실을 미국에 알려주고 있던) 한주혁이 그 소식에 조금은 놀랐다.

"성좌가 그렇게 세졌습니까?"

성좌. 적대악 앤서로도 만났었다. Siri와 다르크는 그때, 파이어볼 한 방으로 녹아 버렸다. 그런데 몬스터들을 잡을 수 있었다니.

강재명이 보고를 올렸다.

"아서 대륙에 나타난 놈들보다는 약한 것 같습니다."

"그렇다고는 해도 문 타이거도 포함되어 있을 텐데요."

"또한 에르페스 제국으로부터 지원받았을 것이라 추정되는 마법병기들을 사용하였습니다. 친 도렌트 플레이어들과 성좌들이 합심하여 몬스터들을 사냥하였습니다."

"제법이네요."

한주혁 외에, 몬스터들을 처리할 수 있는 플레이어가 생겨난 거다.

"몬스터에 특화된, 최소 2급을 상회하는 마법병기인 것 같습니다. 1급일 확률이 높습니다."

"에르간은 어때요?"

"아직 구체적인 능력은 밝혀지지 않았습니다. 6번 성좌라는 것만이 알려졌을 뿐입니다."

도렌트를 따르는 추종자들은 이렇게 주장했다.

-미국이 절대악에게 굽실거릴 이유가 사라졌다.

-시간은 조금 걸리겠지만, 우리의 힘으로도 몬스터들을 사냥할 수 있다.

절대악에게 그렇게 굽신거리면서 아양을 떨지 않아도 된다는 것이 도렌트의 주장이었다.

백인 우월주의자를 중심으로 하여, 도렌트의 주장은 힘을 얻었다. 어찌 됐든 몬스터들을 처리한 것은 사실이니까. 희망이 생겼으니까.

여론의 지탄을 받아 잠시 침묵했던 애국 집회의 사람들이 또다시 목소리를 높였다.

"저런 사람들이 진실한 영웅들이다. 절대악은 각성할 필요가 있다. 세계의 영웅이면, 영웅답게 행동해야 하는 것이다!"

강재명은 이렇게 판단했다.

"대연합의 잔재들. 그리고 성좌들이 뒤에서 애국 집회를 지원하는 것 같습니다."

이런 말도 덧붙였다.

"그래 봤자……."

그는 잠시 눈치를 본 뒤 이렇게 얘기했다.

"병신들이라는 것이 여론이기는 합니다만……. 어쨌든 그러한 상황입니다."

순식간에 많은 일이 벌어졌다. 마치 누군가가 동영상을 몇 배속으로 빠르게 재생하고 있는 것만큼.

강재명이 물었다.

"어떻게 하시겠습니까?"

"보여줘야죠."

강재명은 순간 이렇게 말할 뻔했다.

'그래 봤자 X밥들이라는 것을 말입니까? 클라스의 차이를 말입니까?'

스스로를 다스렸다. 성좌? 미국 플레이어들? 아무리 날고

기어도 절대악 미만은 잡이다. 강재명은 그렇게 판단했다.

한주혁을 옆에서 보필하는 가운데 강재명은 스스로 많이 이상해졌음을 느끼고 있다. 성격이 좀 많이 변했다. 그 스스로 형렐루야에 가입해서 활동하고 있을 정도다. 그는 겉으로는 진지한 표정을 유지하면서, 속으로는 이렇게 얘기했다.

'보여주십시오. 클라스를……!'

성좌 놈들의 마법병기. 새로운 성좌의 힘. 절대악 앞에서는 그 모든 것들이 아무런 의미가 없다. 성좌들의 레이드 영상을 본 강재명은 그렇게 확신했다.

한주혁도 동영상을 봤다. 애국 집회가 자랑하는 '진짜 영웅' 성좌들과 많은 플레이어들이 합심하여 한 필드의 몬스터 군단을 제거하는 장면을.

"JTBN 기자들 파견 요청하세요."

"알겠습니다. 긴급 요청하겠습니다."

절대악이 부르면 아마도 손석기가 직접 달려올 거다. 절대악이 다시 한번 아메리아 대륙을 찾았다.

그가 가장 먼저 찾은 곳은 드레탄 평야였다. 아서 광산이 있는 곳. 그곳에서 절대악은 초인의 영역을 사용했다.

-스킬. 초인의 영역-1을 사용합니다.

절대악의 궁극기 아수라극천무가 펼쳐졌다. 눈앞에 보이는 모든 생물체를 집어삼키는 아수라극천무.

아수라극천무는 약간의 단점을 갖고 있다. 스킬 설명에는
이러한 내용이 존재했다.

-스킬을 운용하는 주체보다 고레벨의 모든 생명체에게는 효
과가 상당 부분 약화됩니다.

절대악의 레벨은 300대인 문 타이거보다도 낮다. 안 그래도
레벨 역보정이라는 것이 존재하는 올림푸스 세계인데, 거기에
더해 스킬 너프까지 더해졌다.

콰직-! 콰지지직-!

검은색 번개가 땅에 떨어졌다.

성좌들의 레이드와는 완전히 다른 형태의 레이드가 진행됐
다. 절대악과 함께, 절대악 지원을 위해 파견 나온 캡틴은 입을
쩍 벌렸다.

'절대악이 또……?'

그 역시 성좌들의 레이드 영상을 봤다. 일각에서는 한국 성
좌들을 보면서 역시 플레이어의 탑은 한국 플레이어라는 말이
나돌 정도였다. 그만큼 성좌들은 강력했다. 적어도 평범한 미
국인들이 보기에는.

'나는 성좌들의 레이드를 이미 봤다.'

실로 뛰어난 레이드 영상이었다. 한국 플레이어들이 괜히

184 란란
플레이어 18

탑급이라는 얘기가 나온 게 아니었다.

'그들의 레이드는 분명 훌륭한 레이드였다.'

그런데 지금 이 순간 캡틴은 아무런 말도 할 수 없었다.

'……'

이걸 과연 레이드라 부를 수 있을지 모르겠다.

'스킬이 너프된다고도 했었던 것 같은데.'

그래서 좀 긴장했었다. 레이드가 어떻게 진행될지.

'일격에 몰살……?'

예전에도 말도 안 되게 강했는데, 지금은 더 강해진 것 같다. 강해지는 속도가 상상을 초월하는 것 같다.

'이게 절대악……!'

강재명에게 받은 연락을 떠올렸다. 절대악이 올림푸스에 접속하기 전 강재명이 이렇게 전했다.

-절대악께서 출격하실 것입니다.

이런 말도 있었다.

-클라스의 차이를 보실 수 있을 겁니다.

그 말을 들을 때 캡틴은 약간 묘했다. 무슨 뜻인지 정확하게 이해할 수 없었다.

통역기가 약간 오작동을 일으킨 것 같은 느낌을 받았었다. 그런데 지금 그 말을 완벽하게 이해했다. 귀로는 이해하지 못했지만, 눈으로는 이해했다.

3층성은 신이 났다.

"아이템 콜렉팅!"

최소 레벨 300대 이상 몬스터들. 아서 대륙에 나타났던 놈들보다는 약하다지만, 그래도 고위레벨 몬스터들이다. 3충성의 모습이 JTBN 손석기의 카메라에 잡혔다.

3충성은 반쯤 미친 사람 같았다.

"낄낄낄낄! 아이템! 아이템을 내놓아라!"

아이템들이다. 아이템. 이 크고 빛나는 아이템들을 보라! 다 형님, 아니, 절대악님께 바치고 콩고물을 얻으리라! 나는 이제 건물주다!

3충성은 아무런 방해도 없이 검은 잿더미 사이를 뛰어다니며 자신의 독문 스킬인 아이템 콜렉팅을 외쳐댔다. '아무런 방해도 없었다'라는 그 말은, 곧 몬스터 군단 전원 학살을 의미하는 것이었다.

이 영상이 미국 전역은 물론이고 전 세계에 순식간에 퍼졌다.

러시아에는 수많은 연합이 존재한다. 미국과 더불어 아이템의 성지라고도 불리는 이곳에는 뛰어난 연합들이 많기로 유명하다.

그중에서도 가장 유명한 연합은 역시 검객 연합이다. 검객 연합의 연합장이 호크는 이미 절대악과도 안면이 있는 사이.

그는 이번 '성좌들의 레이드' 영상을 실시간으로 살펴봤다.

"한국 플레이어들의 수준이…… 말도 안 되게 높아졌군요."

검객 연합의 호크와 친분이 두터운, 유럽을 대표하는(사실상 러시아도 유럽에 속하지만, 사람들은 러시아의 연합들과 유럽의 연합들을 구분 지어 생각하는 경향이 짙다) 연합 중 하나인 마법 연합의 샤먼도 그 말에 동의하는 듯 고개를 끄덕였다.

"저들이 성좌라는 플레이어들이군요."

"센테니아와 루니아 대륙에서 도대체 무슨 일이 벌어지고 있는 건지……."

무슨 일이 벌어지고 있길래 저토록 수준 높은 레이드가 가능하단 말인가.

"몬스터들에게 치명타를 입히는 것은 역시 성좌가 소유하고 운용하고 있는 마법병기네요."

마법병기의 딜레이 시간을, 다른 플레이어들이 커버해 주고 있다. 마법 연합의 샤먼은 감탄한 듯 계속해서 고개를 끄덕였다.

"마치 톱니바퀴처럼 딱딱 맞아 떨어지는군요. 인형술사 Siri. 제가 알고 있는 Siri와는 많이 달라요."

샤먼은 어깨까지 내려온 노란색 머리카락을, 검지로 배배 꼬면서 화면에 집중했다.

"우리가 알고 있는 거라곤 절대악에게 무참하게 패배하기만 하고 도망만 다녔던 성좌…… 였는데요."

"그럼에도 불구하고 미국에서는 저 정도의 실력을 뽐낼 수 있다는 것이 놀라울 뿐입니다."

둘이 공유하고 있는 화면은 마법병기가 문 타이거의 미간을 뚫어내는 영상이었다. 결국, 문 타이거가 쓰러졌다.

"저 정도 능력을 가진 성좌가 절대악에게 그토록 처참하게 패배만 당했다면……"

'그렇다며 절대악의 능력은 도대체 어느 정도란 말인가.'

모든 게임이 그렇듯, 올림푸스 역시 실력의 상대성이 존재한다. 강한 사람 옆에 있으면 약해 보이게 마련이다. 저 성좌들도 절대악이라는 벽을 벗어나자, 상당히 강력해 보였다.

마법 연합의 샤먼이 조심스레 의견을 제시했다.

"성좌의 성장 속도가 어마어마한 것일 수도 있지 않을까요?"

갑자기, 어떤 우연한 기회로 급작스레 강해져서 저 정도 능력을 갖게 되었을 수도 있다. 샤먼은 최근에 새로운 소식을 접했다.

"현재 한국에는 적대악이라는…… 새로운 클래스의 플레이어가 등장했다고 해요."

"아, 그 사실은 저도 알고 있습니다."

"그 성장 속도가 타의 추종을 불허한다고 들었어요. 어쩌면 절대악 이상이라고요."

샤먼, 그녀가 보고 받기로는 분명히 그랬다. 한국 땅에 무슨 미스터리한 힘이 작용하고 있길래, 어떤 시나리오가 적용되길래 그런 말도 안 되는 플레이어들이 계속 나타나는지는 모르겠다만 하여튼 그랬다.

"절대악을 상대하기 위한 제우스의 안배…… 라고 생각했을 때."

샤먼은 호크를 진지한 얼굴로 쳐다봤다. 그러고서 말을 이었다.

"성좌들이 엄청난 속도로 성장했다는 가설도 일부 맞을 수 있어요. 저는 그렇게 봐요. 절대악을 상대하기 위한 적대세력. 에르페스에는 분명 그것이 존재할 테니까요."

그런데 그때 누군가 둘의 회담을 방해했다.

똑똑-!

노크 소리가 들려왔다.

호크가 인상을 찡그렸다. 유럽 전체를 대표하는 연합이나 다름없는 마법 연합의 샤먼, 그녀와의 만남이다. 호크는 이 만남을 중요하게 생각한다. 그것을 방해받는 것은 질색이다. 호크는 버럭 소리를 질렀다.

"무슨 일이냐! 분명 방해하지 말라고 했을 텐데."

샤먼이 그런 호크를 말렸다.

"괜찮아요, 호크. 분명 급한 일이 있는 거겠죠. 표정을 봐요."

샤먼의 커다란 눈망울이, 방금 노크하고 헐레벌떡 들어온 남자의 손을 향했다. 손에는 작은 USB 하나가 들려 있었다.

"지금 방금. 새로이 전송된 영상입니다. 올림푸스 발 영상이며 조작 가능성은 없습니다. JTBN을 통해 전달되었습니다."

그 설명을 듣고서도 호크는 여전히 기분이 좋지 못한 듯했다. 도대체 뭐길래 두 정상의 만남을 이렇게 방해한단 말인가.

'별거 아니기만 해봐라.'

샤먼 앞이라서 자중하고 있지만, 별것 아니라면 크게 문책하기로 마음먹었다.

영상을 재생해 봤다.

'헉……!'

영상 속에는 절대악이 있었다. 절대악이 드레탄 평야에 모습을 드러냈다. 드레탄 평야에서 보여준 절대악의 모습은 상상을 초월했다.

호크는 실제로 두 눈을 비볐다. 채 5분이 되지 않는 짧은 영상. 호크는 그 영상을 다시 처음부터 재생해 봤다.

샤먼은 큰 눈을 몇 번이나 끔뻑거리면서 호크를 불렀다.

"……호크."

"……."

"호크?"

"……."

"호크!"

여러 번 부르고 나서야 호크가 정신을 차렸다.

"호크의 반응을 보니 내가 본 것이 꿈이 아니라는 것은 알겠네요."

영상 속 절대악이 몬스터 군단을 처리하는 걸 봤다.

"절대악의 동향과 성장에 대해서는 항상 우선적으로 보고받고 파악하고 있어요. 러시아도 마찬가지죠?"

"……그렇습니다."

항상 파악하고 있다. 절대악은 걸어 다니는 전략 무기라고 해도 과언이 아니다. 이 세계의 문명이 올림푸스로부터 시작되었다고 해도 되었을 정도니 올림푸스에서 절대적인 힘을 가진 플레이어에 대한 정보 수집은 게을리하지 않는다.

"우리 정보팀이 무능한 거 아니죠?"

"……네."

정보팀이 무능한 게 아니라, 능력을 파악하는 속도보다 절대악이 강해지는 속도가 더 빠른 것 같다. 아주 오래전, 데르앙 전투에서부터 지금의 데르탄 평야까지.

"그때보다 더 강해질 수 없다고 생각했는데……."

그게 플레이어들의 상식이었다. 그 상식이 무참하게 깨지고 깨지고 또 깨졌다. 실시간으로 계속 깨지는 중이다.

"말도 안 되게 더 강해졌네요. 미국이 저토록 납작 엎드리는 것도 이해가 돼요."

아까 성좌들의 레이드 영상을 보면서 감탄했던 것은 완전히 잊어버렸다. 절대악은 보여주고 있었다. 레이드란 이렇게 쉬운 거라고.

한국 플레이어들의 말을 빌리자면 이러했다.

-레이드? 그게 뭐임?

-몬스터 군단? 그냥 푹찍푹찍 푹억푹억 아니냐? 거창하게 레이드가 필요함?

-푹찍푹찍 푹억푹억도 과분하지. 그냥 툭억으로 하자.

성좌의 레이드는 분명 탄탄했고 짜임새가 있었다. 처음 호흡을 맞추는 미국 플레이어들과도 콤비네이션이 꽤 잘 맞았다. 분명 잘된 레이드였다.

그렇지만 그 레이드는 순식간에 묻혀 버렸다. 레이드가 무슨 소용인가.

-그냥 대충 나서서 스킬 한 번 휙 쓰면 다 죽는 거 아님?

-왜 저렇게 힘들게 플레이함?

성좌들의 짜임새 있는 레이드는 그저.

-성좌들 삽질한 거지.

말 그대로 '삽질'로 표현됐다. 절대악이 너무나 손쉽게 잡는 것을 성좌들은 너무나 어렵게 잡았다.

어쨌든 마법 연합의 샤먼과 검객 연합의 호크는 다시 한번 정책(?) 노선을 확실히 정했다.

샤먼이 이렇게 얘기했다.

"에르페스 제국에 큰일이 벌어지고 있는 건 맞아요. 비단 에르페스 제국뿐만이 아니라, 모르골 제국을 넘어서서 결국은 전 세계에 이르기까지, NPC들의 플레이어 배척 현상은 조금씩 커지기 시작할 거예요. 그건 틀림없어요."

그게 지금 당장이 될지. 수십 년, 어쩌면 수백 년 뒤가 될지는 모르겠다. 그러나 그 흐름은 확실했다.

"절대악을 상대하기 위한 적대악과 성좌들이 빠르게 성장하고 있는 것도 맞아요. 우리가 확인했듯, 엄청난 실력을 갖고 있는 것도 틀림없죠."

"……"

호크가 고개를 끄덕였다. 샤먼이 무슨 말을 하는지 그도 확실히 이해했다. 호크가 대신 말했다.

"그 높아진 실력도…… 절대악 앞에서는 그저 먼지로밖에는 안 보입니다."

"맞아요."

결국 샤먼과 호크는 뜻을 함께했다.

"성좌나 적대악이 아닌, 절대악 노선을 타야 해요."

"저도 그렇게 생각합니다."

"여태까지와 마찬가지로, 무조건적인 친 절대악 노선을 유지하면서 세계 변화의 흐름에 민감하게 대응해야 한다고 봐요."

그녀가 방긋 웃었다.

"우리, 미국처럼 삽질은 하지 않도록 조심해야겠어요."

그녀가 마지막으로 한마디를 덧붙였다.

"도렌트 열풍이 미국에서 불어서 다행이에요."

그녀는 옅은 미소 뒤로 이 말을 숨겼다.

'저따위 썩은 냄새 나는 열풍은 미국에서 끝나야 해요. 우리, 잘해봐요. 알겠죠?'

도렌트는 발등에 불이 떨어졌다. 절대악의 압도적인 무력 앞에 한국인들은 물론이거니와 미국인들까지도 열광했다. 이미 도렌트는 '반 절대악' 노선을 탔다. 돌이킬 수 없는 흐름이다. 여기서 말을 바꿀 수는 없다. 이왕 이렇게 된 것 끝까지 가야 했다.

결국 도렌트의 입에서 이런 말까지 튀어나왔다.

"우리는 자주국방을 해야만 합니다."

언제까지고 절대악에 의존할 수는 없다. 언제까지 절대악에게 빌붙으며 아량을 기대할 수는 없다. 이것이 도렌트의 주장이었다.

"언제까지 절대악이 아메리아를 수호할 것이라고 봅니까? 우리는 지금 당장이 아닌, 먼 미래를 봐야 합니다. 지금 당장은 힘들 수 있어도, 차근차근 힘을 쌓아 우리 스스로 아메리아 대륙을 지킬 수 있어야만 합니다."

나아가 그는 이렇게까지 주장하기에 이르렀다.

"절대악은 지금 미국 시민들이 차지해야 할 이득을 독식하기 위하여 이런 쇼를 벌이고 있는 것입니다."

말 그대로 도렌트는 발악했다. 반 절대악 노선을 이제 와서 돌이킬 수는 없으니까.

"이대로 우리 시민들의 광산을. 수십조 달러, 아니, 어쩌면 그 이상의 가치를 지닌 광산을 넘겨줄 것입니까? 저는 그것을 인정하지 못하겠습니다. 우리의 권리는 우리가 찾아야만 하는 것입니다."

지금 상황에 열광만 하지 말고 객관적으로 보라고 주장했다.

"절대악은 지금 몬스터 군단을 싹쓸이하고 있습니다. 그 와중에 전문적인 아이템 수거꾼까지 고용하여 아이템들을 독식하고 있습니다! 이 땅, 아메리아 대륙에서 드랍되고 있는 수많은 아이템들을! 심지어 그는 워프 마스터라는, 특수한 클래스의 플레이어까지 고용하여 효율적으로 우리들의 기대 소득을 몽땅 자신의 뱃속에 가득 채우고 있습니다!"

그 말 자체가 틀린 말은 아니었다. 봉화대 근처에 나타난 몬스터들을 효과적으로 사냥하기 위하여 워프 마스터 이주랑과 함께하고 있고, 매지컬 콜렉터 충성충성충성과도 함께하고 있으니까.

란돌이 따뜻한 녹차를 마시며 여유롭게 말했다.

"그걸 저런 식으로도 포장하여 선동하는군요."

재미있는 건.

"저런 선동에…… 수많은 사람들이 움직이게 되는 것이겠지요."

란돌은 그러한 경우를 너무나 많이 봤다. 멀리 갈 것도 없이 불과 몇 달 전 한국이 그랬고 중국이 그랬다.

"따지고 보면 저들은 지금 나타난 몬스터 군단을 상대할 능력이 없는데 말입니다."

그런 주제에 그 몬스터들에게서 나온 아이템을 절대악이 독식하여 미국 시민들이 갖지 못한다고 주장하고 있는 꼴이라니, 제3자의 입장에서 보면 우스울 지경이었다.

"일단 봉화대 근처에 나타난 몬스터들이 전부 학살당한 시점에 입을 연 것도 참 재미있는 우연입니다."

란돌이 계속해서 여유롭게 웃었다. 그 옆에서 한주혁도 웃으며 생각했다.

한주혁은 란돌과의 대화가 좋았다. 편하고 재미있다. 란돌은 언제나 여유가 넘쳤으며 상황을 객관적으로 바라보고 있었으니까. 한주혁 자신이 말하지 않아도, 란돌과는 마음이 통하는 느낌이랄까.

"그러게요. 참 재미있는 우연이네요."

"마침 그 타이밍에 반 절대악을 외치는 사람이, 이토록 많다는 것이 신기할 지경입니다. 어떻게 그럴 수 있는지. 제가 미국인이 아니어서 이해를 못 하는 것인지는 모르겠습니다만······.
이런 것을 한국 속담으로 똥 싸러 들어갈 때 다르고 나올 때
다르다고 표현하는 것입니까?"

도렌트 열풍을 왕자인 란돌은 이해할 수 없었다.

머리로 이해하지는 않기로 했다. 도렌트 열풍이라는 건, 실
제로 존재하는 열풍이었으니까. 이번 연쇄 점화로 인하여 지
지율이 급하락하기는 했으나, 몬스터 군단이 전부 학살당한
지금. 여전히 반등의 여지는 있었다.

"······."

"······."

둘 사이에 잠시 침묵이 흘렀다. 그 침묵이 어색하지는 않았
다. 굉장히 자연스러운 시간이었다. 둘 사이가 그만큼 친밀해
졌다는 것을 의미하기도 했다.

이윽고 차를 다 마신 란돌이 여유롭게 웃으며 말했다.

"그래서, 2차 봉인 해제는 언제 시작됩니까?"

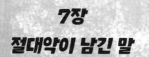

7장
절대악이 남긴 말

천세송과 한세아는 오늘도 수다 꽃을 피웠다.

오늘의 수다 장소는, 한주혁의 대저택에 최근 만들어진 1층 카페다. 천세송과 한세아가 커피를 굉장히 좋아하고 커피숍에 앉아 도란도란 얘기 나누는 것을 좋아해서, 한주혁이 1층에 커피숍을 만들어줬다.

바리스타가 커피를 건넸다. 당연히 직접 서빙이다.

"여기 있습니다. 평소 좋아하시는 것들로 준비했습니다."

바리스타의 이름은 남재선. 한국 유일의 6성급 호텔 식스시즌스 호텔에서 특별히 섭외한 바리스타다.

천세송이 고개를 꾸벅 숙였다.

"고맙습니다."

"별말씀을요."

오히려 남재선이 고맙다고 넙죽 엎드려 절하고 싶다. 이 두 분. 천상계에 살고 있는 것만 같은 이 두 분이 커피를 좋아했다는 것이 일생일대의 행운이었다.

'연봉도 연봉이거니와.'

참고로 그의 연봉은 6억 원이다.

한주혁은 남재선의 연봉이 6억 원인지 모른다. 정확히 말하자면 6억 원쯤은 있으나 없으나 별 차이가 안 느껴진다. 실무적인 일은 강재명이 하고 있고, 그에 대한 감사는 LZ연합 회계팀이 맡아서 해주고 있다.

'절대악 대저택의 바리스타.'

그것만으로도 엄청난 커리어가 되지 않겠는가. 세계의 영웅, NPC와의 전쟁에서 승리한 유일한 플레이어. 그러한 사람에게 직접 고용되었다는 것은 바리스타계의 혁신이었고, 그의 자랑스러운 커리어였다.

'이곳은 진짜 신의 직장이지.'

그리고 그는 이곳에 있는 게 참 좋다. 세상 돌아가는 깊숙한 얘기를 들을 수 있어서다.

눈앞의 둘만 해도 아름다운 것과는 별개로, 세상을 움직이는 거인들이다. 앱솔루트 네크로맨서와 7번 성좌. 둘의 얘기를 들을 수 있다는 것도 그에게는 큰 메리트였다.

오늘 둘의 주제는 '화장실'이었다.

뒷간에 들어갈 때와 나올 때의 마음이 다르다는 얘기가 있다. 화장실에 들어가기 전과 들어갔다 나온 후, 그 마음은 다를 수밖에 없다. 인간인 이상 당연한 말이다.

한세아가 고개를 절레절레 저었다.

"미국이 딱 그 꼴이네."

딱 그랬다.

"살려달라고 아우성칠 때는 언제고, 이제 와서 오리발을 내밀어?"

천세송이 주먹을 불끈 쥐었다. 천세송은 한세아보다 더 욕을 못한다. 예전부터 그랬다.

"그러니까. 길 가다가 똥 세 번 밟아야 돼."

"세 번으로 되겠어?"

미국의 도렌트 열풍. 그 열풍이 잠깐 식었었다. 한때나마 60퍼센트 가깝게 치솟았었던 지지율은 30퍼센트대로 반토막 났다가, 다시 조금씩 회복하고 있는 추세였다.

"언니. 이거 봐봐. 지금 지지율이 35퍼센트쯤 된대. 그리고 조금씩 상승 중이라는데?"

한세아가 천세송이 건네준 핸드폰 화면을 뚫어져라 처다봤다.

"현 정부가 미국 시민들과의 협의 없이 마음대로 넘겨준 아서 광산을 빼앗아 올 거라는…… 내용. 내가 보고 있는 게 맞지?"

한세아도 욕을 잘 안 하지만, 그래도 천세송보다는 잘한다.

"아주 시발놈들이네."

커피잔을 닦던 남재선은 찔끔 놀랐다. 한세아가 저렇게 대놓고 욕을 하는 걸 처음 본다. 그래도 못 들은 척했다.

'하기야, 미국 새끼들이 아주 개새끼들이지.'

몬스터 군단에게 학살당하며 제발 도와달라고 할 때는 언제고, 지금은 입을 싹 닫고 있지 않은가.

'미국 대통령은 힘들겠어.'

사실 도렌트 열풍은 미국 대통령이 만든 게 아니다. 아니, 오히려 미국 대통령은 그 열풍을 잠재우려 애쓰고 있다. 실제로 이번 연쇄 점화 사건을 통해 열풍이 많이 사그라졌다.

'진짜 황당한 건 지지율이 30퍼센트까지밖에 안 떨어졌다는 거지.'

매스컴에서는 지지율이 반토막 났다고 외쳐댔지만 남재선이 보기에는 달랐다.

'내가 보기에는 무려 30퍼센트나 지지율이 유지된 거야.'

자국민 20만 명이 델리트되는 상황이었다. 경제활동 인구 20만 명이 순식간에 증발해 버린 거다. 그런 상황이었는데도 30퍼센트나 되는 지지율이 유지됐다.

'뇌가 백지인 건가?'

백인 저소득층을 중심으로 한 도렌트 지지자들. 흔히 말해 콘크리트 지지층이라 말하는 이들이 미국에 적어도 30퍼센트는 존재한다는 뜻이었다.

한세아가 말했다.

"그래서 나는 이번에 진짜 말해놓을라고."

"뭘?"

"이번만큼은 절대로 미국 도와주지 말라고 말할 거야."

"그래야 할 것 같아. 우리 오빠가 너무 착하기만 해서⋯⋯."

한세아는 순간 아니라고 말할 뻔했다. 아니, 내 친오빠 사람이 진짜 대단한 건 맞긴 맞는데. 근데 너무 착하기만 한 건 아닌데. 솔직히 너도 알잖아, 세송아. 우리 오빠가 세상에 알려진 것만 같은 그런 영웅이 아니라는 건.

'됐다, 말을 말자.'

말 안 해도 될 것 같다. 천세송의 눈으로 본 친오빠의 모습은 세상에서 제일가는 천사인 것 같다. 설득하기를 포기하기로 한 한세아가 천세송의 뒤로 갔다.

"응? 언니?"

그리고 겨드랑이 사이에 팔을 넣고 쭉 일으켰다.

"가, 간지러워! 왜 그러는 거야?"

"얼른 가서 말해야지."

"응? 무슨 말이야?"

남재선은 둘의 모습을 남몰래 훔쳐보면서 다시 한번 감탄했다. 식스시즌스 호텔에서 예쁘다, 난다 긴다 하는 사람들 많이 봤는데 저 둘에 비하면 아무것도 아닌 것 같다. 둘이 함께 있는 저 모습이 저렇게 예쁘고 아름다울 수가 없다.

'저런 사람들이 세계를 움직이는 거인들이라니.'

그게 더 놀랍지 않은가.

'무슨 얘기를 하려는 거지?'

귀를 기울여 봤는데 한세아가 이렇게 말했다.

"오빠는 내가 말하면 소용없어."

"……응?"

친여동생의 말 따위는 한 귀로 듣고 한 귀로 흘리는, 아니, 아예 한 귀를 통과조차 못 한다. 한세아는 그 사실을 아주 잘 알고 있다.

"네가 말해야 돼."

천세송과 눈을 마주쳤다.

"오빠한테 가서 말해. 호구는 싫다고. 이제 미국이고 뭐고 도와주지 말자고 그러자. 네가 말해야 돼."

그제야 한세아의 뜻을 이해한 천세송이 고개를 갸웃했다.

"……응? 언니, 몰라?"

"……."

한세아는 또다시 불안감에 휩싸였다. 강력한 패배감에 휩싸일 것만 같은 강렬한 기분이 들었다.

"아, 알지. 물론."

그녀의 표정은 '전혀 모른다'고 말하고 있었다. 천세송이 빙그레 웃었다.

"응. 역시 알고 있을 거라고 생각했어."

"……."

이 친오빠 자식. 또 나한테는 얘기 안 해주고 세송이한테만 얘기해준 것 같다.

"2차 봉인 해제가 시작되면…… 오빠도 안 움직일 거래."

절대악의 공식적인 발표가 있었다. 현 정부와의 약속을 잠정적으로 보류한다는 내용이었다.

물론 내용은 굉장히 많이 포장되어 있었다. 지켜본바, 현 정부의 약속 내용은 대다수의 미국 시민들과 충분한 합의가 되지 않은 내용이어서 어쩔 수 없이 아서 광산을 잠정적으로 포기한다는 내용이었다.

미국 대통령은 하늘이 노랗게 변하는 것을 느꼈다.

"……요약하자면 아메리아 대륙에서 손을 떼겠다는 소리 아닌가?"

"……맞습니다."

말은 정말 좋게 써놨다. 절대악은 미국 시민들의 자주권을 존중한단다.

"……요약하자면 너희 땅은 너희가 알아서 지켜라. 이거 아닌가?"

"……맞습니다."

캡틴도 절대악의 말을 이해했다.

"……도렌트의 지지율이 또다시 급상승하고 있다고……?"

이럴 때는 정말 대통령 하기 싫다. 평소 그는 이런 생각을 하지 않지만, 한국의 누군가가 말했던 '대중은 개돼지'라는 말에, 오늘만큼은 동의를 하고 싶었다.

"……20만 명이 무참히 델리트된 사건을 잊었나?"

잊을 리 없다. 그게 바로 이틀 전이다. 캡틴 역시 할 말이 없었다.

"……."

"절대악이 이렇게 순순히 포기할 인물인가?"

"……물론 아닙니다."

절대적인 영웅이 아니다. 오히려 상황을 적절히 이용할 줄 알고, 정치적인 계산도 잘하는 사람이다. 백악관은 그렇게 판단하고 있다.

"……도렌트가 말은 참 잘하는 것 같습니다."

지금은 비록 힘들지만 자주국방을 향한 발걸음을 뗐다고, 이것은 미국 시민들의 위대한 승리라고 했다. 스스로를 지킬 수 있는 힘을 길러야 한다. 절대악 역시 그 결정을 존중해 주었다고 대대적으로 선전했다.

"도렌트도 절대악의 존중이 그 존중이 아니라는 걸 잘 알 텐데."

"그런 건 별로 중요하지 않은 것 같습니다. 그는 현재 지지율을 끌어올리기 위해 혈안이 되어 있으니까요."

대통령과 캡틴은 함께 불안해했다. 이건 뭔가 있다. 절대악이 이렇게 쉽게 넘어갈 리 없다.

캡틴이 말했다. 절대악의 입장을 소리 내어 읽었다.

"여러 미국 시민분들께서 말씀하시는 스스로를 지킬 힘을 존중합니다. 아메리아 대륙의 수많은 분들이 먼저 요청하지 않는 한, 센티니아 대륙 출신인 저는 더 이상 아메리아 대륙에서 일어나는 모든 것들에 간섭하지 않을 것을 약속드립니다."

대통령의 몸이 얼어붙었다.

"잠깐. 다시 읽어보게."

"여러 미국 시민……."

"아니, 아니, 줘봐. 잠시 줘보게."

프린트되어 있는 절대악의 입장문. 그걸 살펴봤다.

'아뿔싸……!'

여기에 힌트가 있었다. 그가 망연자실한 듯 중얼거렸다.

"아메리아 대륙의 수많은 분들이 먼저 요청하지 않는 한……."

잠깐 놓치고 있었다. 대통령은 다시 한번 곱씹어봤다.

"아메리아 대륙의 수많은 분들이 먼저 요청하지 않는 한……."

이 말의 뜻은.

"분명 우리가 먼저 요청하게 될 뜻이라는 거겠지."

대통령의 예상은 정확하게 들어맞았다. 봉화대를 중심으로 하여 2차 봉인 해제가 시작되었으니까.

도렌트의 발등에 불이 떨어졌다.

"제, 제기랄……!"

지금 지지율이고 뭐고, 그런 것은 중요하지 않게 됐다. 그는 올림푸스 내에서도 '도렌트'라는 닉네임으로 활동한다. 사람들에게 알려진 사실은 아니지만, 그는 '할튼'이라는 중급 규모 영지의 영주이기도 하다.

할튼은 도박의 도시다. 아메리아 대륙에서 가장 유명한 '라스베이어 도박장'이 있는 곳이다. 자금 세탁의 중요한 거점이기도 했고, 도렌트가 NPC들과의 친분을 가질 수 있는 굉장히 좋은 곳이기도 했다. 쉽게 말해, 올림푸스 내 도렌트의 지지기반이라 할 수 있다.

경비병 대장 NPC가 말했다.

"영주님. 3일 내로 몬스터 군단이 도래합니다."

"어떻게든…… 막을 수 없겠나?"

"……죄송합니다. 불가능합니다. 최악의 경우, 성을 버리셔야 할 것 같습니다."

지금 미국 전역에 이러한 일들이 벌어지고 있다.

-미쳤다. 저번보다 더하다.

-몬스터 군단이…… 이번에는 이동하기 시작했다.

저번에는 봉화대 근처에서만 배회를 했었는데, 이제 몬스터 군단들이 이동하기 시작했다.

위급을 알리는 경고음이 쉴 새 없이 울렸다. 미국 전역. 아메리아 대륙 전역에 몬스터 군단이 움직였다. 당연히, 그 군단을 막을 수 있는 플레이어는 없었다.

-누적 델리트 인원 25만 명 추산.
-누적 델리트 인원 28만 명 추산.
-누적 델리트 인원 30만 명 추산.

30만 명의 경제 인구가 순식간에 사라져 버렸다.

-죽음의 땅으로 변해 버린 굴러스 숲.

한때나마 아메리아 대륙 최고의 사냥터로 사랑받던 굴러스 숲은 이미 몬스터들이 장악한 지 오래. 전 세계의 언론들도 아메리아 대륙에서 벌어지고 있는 일들에 집중했다.

-아메리아 대륙에 불어닥친, 인류 역사상 가장 큰 재해.

1차 봉인 해제 때와는 비교도 할 수 없었다. 그때는 가만히 있는 폭풍이었다면, 지금은 움직이는 폭풍이었으니까.

도렌트에게는 그 폭풍을 파괴할 방법이 필요했다.

'방법……! 방법을 찾는다!'

도렌트는 황급히 한국의 성좌들을 찾았다. 3일 후면 몬스터 군단이 이곳을 휩쓸어 버릴 것이다. 스스로를 지키는 것? 그것도 일단 살아야 가능한 거다. 그가 풀어둔 사람들 중 한 명이 보고를 올렸다.

"성좌들을 찾았습니다……!"

찾기는 했는데.

"컨트롤 미스가 있었는지…… 사망했습니다. 사망 지점은 아서 광산이 있는 드레탄 평야입니다."

"사, 사망했다고?"

그 엄청난 실력을 자랑했던 성좌들 3명이 사망했단다. 실수가 있었다고는 하는데, 어쨌든 죽은 것은 틀림없었다.

'제기랄……!'

어떻게 이럴 수가 있단 말인가.

"200년간 한 번도 일어나지 않았던 규모의 몬스터 웨이브가 왜 또 일어나는 거냐!"

한 번 일어났으면 이제 좀 휴식기를 가질 때가 되지 않았는가. 보통은 그렇다. 커다란 에피소드가 하나 지나갔으면, 다음 에피소드 시작까지 약간의 텀이 있다. 그게 암묵적인 법칙 같은 거다. 적어도 도렌트는 그렇게 생각했다. 이번에도 그 법칙을 믿었고.

도렌트는 비밀리에 강재명에게 연락했다. 번호를 알아내는 것은 그리 어렵지 않았다.

-제발 도와주십시오. 한화로 300억 원을 드리겠습니다. 제가 가진 사업체도 양도하겠습니다. 이번 한 번만 어떻게든 힘을 써주십시오.

강재명은 이 상황을 이미 예측하고 있었던 듯했다. 한주혁에게 이미 지령까지 받은 터였다. 그는 비밀리에, 갑작스레 걸려온 전화에 당황하지 않고 천천히 입을 열었다.

-네. 강재명입니다. 연락 기다리고 있었습니다. 도렌트 씨. 지금부터 절대악께서 말씀하셨던 것을 전달하겠습니다.

몇 시간 전, 한주혁이 강재명을 불렀다. 한주혁의 방으로 향하면서 강재명은 반쯤은 설레기까지 했다.

'오늘은 절대악께서 어떤 말을 하실까.'

자신은 운이 좋다고 생각했다. 절대악을 보필하게 되면서 세계 변화의 중심에 있다고 생각될 정도니까. 한 번 예상해 보기로 했다.

'도렌트 열풍과 관련된 얘기겠지?'

도렌트가 헛소리를 해대고 있는데 절대악이 이렇게 잠잠할 리 없다. 잠잠하다는 건 어떤 이유가 있어서다. 이를테면 폭풍

절대악이 남긴 말 213

이 불어닥치기 전, 폭풍 전야. 강재명은 그렇게 생각하며 속으로 이렇게 말했다.

'도렌트 개새끼.'

아무리 생각해도 은혜도 모르는 놈이다.

강재명이 한주혁 방 앞에 섰다. 똑똑. 가볍게 두 번 노크하자 안에서 들어오라는 목소리가 들려왔다.

강재명은 한주혁의 방 안에서 두 명의 남자를 발견할 수 있었다.

"함께 계셨군요."

강재명이 고개를 꾸벅 숙였다. 에르페스의 절대악 한주혁과 파이라 대륙의 란돌 왕자가 함께 티타임을 갖고 있었다.

'이곳은⋯⋯.'

최근 들어 비밀리에 형렐루야에 가입한 강재명은 이렇게 생각했다.

'성역인가⋯⋯!'

아무래도 그런 것 같다. 마음만 먹으면 전 세계를 움직일 수 있다는 파이라 대륙의 왕자와 절대악이 함께 티타임을 갖고 있다니. 저것을 단순히 티타임이라 할 수 있을까. 당사자 두 명은 티타임이라 생각하고 있겠지만, 이 티타임은 세계의 그 어떤 권위 있는 회의보다 더욱 강력한 영향력을 가졌을 것이다. 강재명은 그렇게 확신했다.

한주혁이 말했다.

"도렌트 씨한테 연락이 올 가능성이 높아요."

"……"

잠자코 들었다.

"연락 오면 이렇게 전해주세요."

"어떻게 말입니까?"

한주혁이 씨익 웃었다.

"응. 안 돼. 돌아가."

"……정말로 그렇게 전합니까?"

"네."

강재명은 고개를 끄덕였다.

'절대악께서 화나셨구나.'

그럴 만도 하다. 당사자가 아닌 자신도 열이 받는데 당사자는 어떻겠는가.

"반드시 그렇게 전하겠습니다."

몇 시간 뒤, 도렌트에게 전화가 걸려왔을 때. 강재명이 정확하게 대답했다.

-응. 안 돼. 돌아가.

올림푸스의 산물인 통역 아이템은 거의 99퍼센트에 달하는 정확도를 자랑하는 마법문물이다. 한국어에는 존재하지만 영어에는 거의 존재하지 않는 존댓말마저도 해석해 낸다. 억양 등으로 말이다.

도렌트는 순간 자신의 귀를 의심했다.

'응. 안 돼. 돌아가?'

이 무슨 말이란 말인가.

──……라고 절대악께서 말씀하셨습니다.

──…….

도렌트는 아무런 말도 하지 못했다. 그는 사업가 출신이지만 지금은 정치인이다. 정치를 할 때 저런 식으로 얘기하지는 않는다. 아니, 사업을 할 때도 저런 식으로는 말 안 한다.

'응. 안 돼. 돌아가?'

도렌트는 머리카락이 쭈뼛 서는 느낌이 들었다.

'딱 세 마디다.'

그 세 마디 속에, 삼십 마디 이상의 언어가 녹아들어 있었다.

'결코 안 된다고…… 딱 잘라 말하는 것이로군.'

절대악의 의도를 파악할 수 있었다. 굉장히 단순해 보이고 무례해 보이지만, 저 안에는 고도의 정치적 술수가 포함되어 있다…… 라고 도렌트만 그렇게 해석했다.

참고로 한주혁은 란돌과 이런 대화를 나눴었다.

"이 정도면 충분하죠?"

"저였다면 '꺼져, 병신아. 어디서 굴러 먹던 X밥 같은 게'라고 했을 겁니다."

"란돌. 지금 통역 아이템 안 쓰고 있는 거 맞죠?"

어쨌든 한주혁은 그렇게 복잡한 정치적 계산을 깔고서 한 말은 아니었다. 도렌트만 그렇게 생각할 뿐. 도렌트는 포기할 수 없었다.

-도와주십시오. 인류 역사 이래로 미국은 가장 큰 위기를 맞이했습니다. 미국이 휘청이면 전 세계가 휘청거리게 됩니다.

뿐만 아니라.

-미국의 약세를 틈타 중국과 러시아가 그 세를 넓히려 들 것입니다. 생각해 보십시오. 미국과 한국은 아주 오랜 기간 든든한 동맹을 유지해왔습니다. 제발 도와주십시오.

강재명이 이렇게 대답했다.

-응. 안 돼. 돌아가.

'……라고 절대악께서 말씀하셨습니다'라는 강재명의 말에, 도렌트는 굴하지 않았다. 이 정도에 굴할 것 같았으면 이 자리까지 오지도 못했다.

-제가 가지고 있는 올림푸스 내 카지노 사업권을 양도하겠습니다. 하루 순수익이 2,000만 원이 넘습니다. 또한 향후 NPC들과의 끈을 만들 수도 있는 굉장히 좋은 사업입니다.

-응. 안 돼. 돌아가…… 라고 말씀하셨습니다.

사실 강재명은 말하고 싶었다.

'하루 순수익 2,000만 원?'

강재명은 비서실장 일을 오래 했다. 도렌트가 아주 사소한 것부터 이쪽의 비위를 맞추고 있다는 것을 안다. 보통 같았으면 20,000달러라고 말했을 거다. 그런데 굳이 그걸 한국의 '원' 단위로 바꿔서 표현했다. 납작 엎드리고 있는 중이다. 하지만 그건 그거고.

'그거 절대악의 시급도 안 돼.'

정확히 계산은 안 해봐서 모른다. 계산은 재무팀이나 회계팀이 알아서 할 거다. 강재명의 영역은 아니다. 그렇지만 계산해 보지 않아도 안다.

'시급도 안 되는 거로 뭘 어쩌자고요?'

그렇게 말하고 싶었지만 참고 마법의 세 마디로 퉁쳤다.

-응. 안 돼. 돌아가.

도렌트는 높은 벽을 느꼈다. '응. 안 돼. 돌아가'는 말 그대로 철벽이었다. 넘을 수 없는 벽.

-절대악께 얘기를 좀 전해주십시오. 저는 제 이름을 걸고서, 현 정부가 절대악에게 약속했던 모든 것을 이행할 것입니다. 또한 카지노 사업권과 더불어 절대악께서 만족할 만큼의 금을 즉시 지급할 것입니다.

강재명은 거기까지 듣고서 잠시 도렌트의 말을 끊었다. 이번에는 '응. 안 돼. 돌아가'가 아니었다.

-도렌트 씨.

그 말에 도렌트는 바짝 긴장했다. 지금의 위기를 뚫고 나갈 수 있는 건 절대악이 유일하다. 제국은 움직일 생각을 않고 있다. 결국 플레이어들의 힘으로 이겨내야 하는 거다.

'제발……!'

강재명에게서 어떤 말이 나올지. 도렌트는 긴장하며 기다렸다.

-절대악께서는 데이트 때문에 바쁘다고 하셨습니다.

-…….

도렌트는 또다시 할 말을 잃었다.

'데이트?'

마법통역기가 오류를 일으켰나?

'내가 아는 그 데이트?'

지금 미국의 운명이 왔다 갔다 하는 판국에 데이트라니. 스케일이 달라도 너무 다르지 않은가.

-어쩌면 미, 미국의 존속이 달린 문제입니다.

-그게 절대악의 데이트보다 중요하지는 않죠. 적어도 절대악에게는.

강재명의 말을 보다 직설적으로 말하자면 이런 거다.

'그건 당신네들 문제고.'

미국이 미국한테나 중요하지, 절대악에게 중요한가. 저희들 발등에 불 떨어졌지, 내 발등에 불 떨어진 거 아니지 않은가.

도렌트는 깊이 갈등했다.

'진짜 데이트일 리는 없다……!'

데이트 때문에 국가의 명운이 달린 일의 결정을 바꿀 리는 없다. 도렌트는 그렇게 판단했다.

　그가 황급히 말했다. 아니, 애원했다.

　-확실한 데이트를 제가 책임지겠습니다.

　한주혁이 흐음, 하고 턱을 매만졌다.

　"그래요?"

　이거 듣고 보니 좀 마음에 든다.

　"태평양의 섬 하나를 통째로 준다고요?"

　돈이 있어도 구할 수가 없다. 소유자들이 안 팔기 때문이다.
아무리 웃돈을 얹어줘도 못 산다.

　"그 섬 이름이 발루라고요?"

　태평양에서도 아름답다고 소문 난 천혜의 섬 아니던가.

　"그게 도렌트 거였어요?"

　"최상의 데이트를 위해 선물하겠답니다."

　만약 돈이나 황금 등, 다른 것들이었다면 눈 하나 꿈쩍하지
않았을 거다.

　'데이트하기 딱인데?'

　돈이 있어도 못 사는 섬, 그것도 아름답다고 소문난 발루를
준다니.

　'이거 좀 혹하네.'

거기서 데이트하면.

'우리 세송이가 좋아하겠다.'

강재명도 그래서 결국 도렌트를 자신 선에서 컷하지 않고 굳이 물으러 온 거다.

"혹시 좋아하실 수도 있을 것 같아 여쭈러 왔습니다. '응. 안 돼. 돌아가.' 그것만 말씀하시라 하셨었지만……."

"잘하셨어요. 요즘 안 그래도 데이트 코스 짜느라 머리가 아팠거든요."

물론 사람을 고용하면 되지만 그래서야 데이트가 무슨 재미가 있단 말인가. 전 세계를 움직이는 거인 한주혁이지만, 그래도 데이트는 남들처럼 하는 게 좋다. 맛집도 찾아다니고 예쁜 것도 보러 다니고, 함께 데이트 하고 싶은 곳 검색도 해보고.

"발루는 좀 땡기네요."

도렌트가 어지간히도 급한 것 같다. 미국의 피해는 날이 갈수록 커지고 있는 중.

"발루로의 편한 여행을 위해 전세기까지 제공해 준다고 하였습니다."

"전세기를요?"

"예. 이번 최신 기종으로…… 지금 당장 예약해도 1년 이상 대기해야 한다고 알고 있습니다."

"흠."

한주혁은 흔들렸다. 인터넷으로 발루에 대해 검색을 좀 해봤다. 천혜의 휴양지. 정말 선택받은 극소수의 몇몇 사람들이 들어갈 수 있는 도렌트의 별장.

"와. 오빠. 여기 진짜 예쁘다. 에메랄드 바다 위에 떠 있는 성 같아."

그 어떤 정치적인 계산이 깔려 있는 말보다. 그 어떤 이득을 제시하는 달콤한 제안보다. 그 어떤 권력가의 명분 가득한 말보다. 천세송의 '예쁘다'가 강력한 힘을 발휘했다.

"좀 돕죠, 뭐."

강재명은 온몸에 소름이 돋았다.

'그렇다.'

그는 만고불변의 진리를 깨달았다.

'절대악을 움직이려면……!'

그러려면.

'사모님께 잘 보여야 한다!'

도렌트가 온갖 달콤한 조건을 제시하면서 제발 좀 도와달라고 할 때는 '응, 안 돼. 돌아가'라고 일관하던 절대악이 천세송의 '우와. 예쁘다' 한마디에 마음을 바꿨다.

결국 도렌트와 절대악의 전화 회담이 극적으로(?) 성사 됐다. 내용은 강재명을 통해 들었던 것과 별반 다르지 않았다.

다만 문제가 하나 있었다.

-비밀리에 도와만 주신…….

한주혁이 말을 끊었다.

-비밀리요?

피식 웃었다.

-뭐야. 아직도 정신 못 차렸네.

비밀리에? 지금 그러니까 절대악이 전면에 나서지 말라는 얘기 아니겠는가.

'아직 덜 맞았나 보네.'

누적 델리트 숫자가 40만 명을 돌파하고 있고, 도렌트 열풍은 도렌트 역풍이 되어 휘몰아치고 있는 상황. 그러한 상황에서 도렌트는 아직도 정신을 못 차린 것 같다. 절대악 없이도 위기를 타파할 수 있다는 것을 대중에게 어필할 생각인 것 같다.

……신다는 것은 물론 말도 안 되고 절대악께서 전면에 나서야지요.

-역시 그렇죠?

-당연합니다. 저는 제 판단이 틀렸음을 인정하고, 절대악께 공식적으로 도움을 요청하겠습니다.

-맞죠?

-제 저급한 판단으로 인하여 수많은 미국 시민들이 델리트되었습니다. 제 명백한 실수입니다. 큰 파장이 있겠지만, 저는 제 실수를 인정하겠습니다. 절대악의 도움을 간곡하게 원합니다.

그래서 결국 절대악이 파견되었다. 미국 제일주의를 내세우며 '반 절대악'을 내세우던 도렌트도 결국 절대악에게 도움을 요청했다. 결과적으로 그 요청은 옳은 선택이었다.

-절대악. 또다시 미국을 구하다.

-모욕을 은혜로 갚은 절대악.

비밀로 한 것은 절대악이 전면에 나섰다는 사실이 아니라, 도렌트가 태평양의 섬과 전세기 등을 제공했다는 사실이다. 나라와 나라끼리의 거래가 아니다. 엄연히 사유재산의 거래이고, 굳이 까발릴 필요가 없었다.

데블 크리스탈 봉화대의 2차 봉인 해제로 모습을 드러냈던 몬스터 군단은 절대악의 아수라파천무를 단 한 차례도 버티지 못했다.

"낄낄낄!"

가장 신난 사람은 3충성이었다. 그는 정신병자처럼 여기저기 뛰어다니며 침을 흘렸다.

'나도 건물주!'

아이템들을 꿀꺽할 생각은 전혀 없다. 절대악은 스쳐 가며 본 것도 전부 기억한다. 애초에 훔칠 생각이 없다. 하지만 일을 열심히 하면 건물이 생긴다. 루펜달의 경우를 봤다. 절대악이 기분 좋으면 하나씩 가지라고 아이템도 주는데, 그게 몇억짜리다.

'절대악 말만 잘 들으면 나도 건물주다!'

인터넷 논객 3충성. 인터넷상에서는 나름 중도적인 자세를 유지한다 자부하지만 올림푸스 세상에서는 달랐다.

'헐렐루야!'

속으로 외쳤다.

'형멘!'

'헐렐루야 형멘, 형은이 망극할지어다!'를 속으로 연발하며 아이템들을 쓸어 담았다.

전 세계는 현재의 이 상황을 이렇게 해석했다.

-절대악과 성좌의 클래스 차이를 몸소 증명하다.

-밸런스가 붕괴된 메인 시나리오 퀘스트.

과정이 어찌 됐든 성좌는 몬스터 군단에게 사망했고, 절대악은 몬스터 군단을 학살했다. 레이드라고 볼 수도 없었다. 일방적인 학살이었으니까.

전 세계적으로 보도가 이어졌다.

-레이드의 차원을 넘어선 일방적인 학살.

아메리아 대륙 전역을, 이주랑과 함께 돌면서 몬스터 군단을 사냥했다. 그렇게 오래 걸리지 않았다. 불과 4일 만에 이루어낸 쾌거였다. 미국 전역을 공포에 몰아넣던 재앙이 4일 만에 사라졌다.

그와 동시에 한주혁에게 알림도 들려왔다.

-데블 크리스탈 봉화대의 안정화 작업이 시작됩니다.
-데블 크리스탈 봉화대가 안정화되었습니다.
-더 이상 몬스터 군단이 모습을 드러내지 않습니다.

데블 크리스탈 봉화대가 안정화 되었다. 그런데 알림은 거기
서 끝이 아니었다.
알림이 계속해서 이어졌다.

8장
광산 지하 2층

-더 이상 몬스터 군단이 모습을 드러내지 않습니다.

그에 이어지는 알림.

-아서 광산의 안정화 작업이 시작됩니다.

땅이 울리기 시작했다. 일반적인 플레이어라면 중심을 잡고 서 있기 힘들 정도.

상황을 중계하던 JTBN의 이상호 기자는 중심을 잃고 쓰러졌다. 신기하게도 하늘에 떠 있는 드론마저 흔들림의 영향을 받는 것처럼 보였다.

치직- 치지직-!

카메라에 노이즈가 꼈다.

바닥에 넘어진 이상호 기자는 침착했다.

'이건⋯⋯!'

예전 아수라파천무를 목격했을 때와 비슷한 상황이다. 그는 촬영 스킬이 취소되기 전에, 카메라가 꺼지기 전에 한마디를 남겼다.

"아서 광산에 어떠한 변화가 일어나기 시작했습니다."

여기까지였다. 이상호 기자뿐만 아니라 다른 기자들 역시 상황 중계에는 실패했다. 대신 그들은 눈으로 볼 수 있었다.

이윽고 흔들림이 멈췄고 이상호는 겨우겨우 몸을 일으켰다. 그리고 볼 수 있었다.

'이건⋯⋯ 산?'

없던 산이 갑자기 솟아오른 것 같았다. 정확한 높이를 알 수 없었다. 대단히 높다는 것만 알 수 있을 뿐.

그에게도 알림이 들려왔다.

-드레탄 평야의 필드명이 변경됩니다.

-드레탄 평야가 '드레탄 기암바위'로 변경됩니다.

이상호는 하늘을 쳐다봤다. 목을 완전히 꺾었다.

'이게⋯⋯ 바위라고?'

이 상황을 중계하지 못하는 것이 안타까울 지경이었다. 필드명이 변경되면서 카메라를 활용할 수 없게 됐다. 일시적인 현상인 것 같기는 했으나 어쨌든 지금은 촬영이 불가능했다.

'산이 아니라 바위?'

아무리 봐도 산인데 이게 바위란다. 엄청나게 커다란 바위. 산처럼 보이지만 하나의 거대한 바위로 이루어진 필드였다. 바위에는 나무도 있고, 어쩌면 안에는 계곡도 있을 수도 있었다.

알림이 이어졌다.

-아서 광산의 입구가 설정됩니다.

저만치 앞. 절대악 근처에 황금색 워프 포탈이 생성되기 시작했다. 이상호는 알 수 있었다.

'절대악은 지금 아서 광산을 만들어냈고…… 그 아서 광산을 안정화시키는데 성공했으며 이제는 입구까지 설정했다.'

미국이 아무리 저희들 것이라고 우겨도, 결국 소유권은 절대악에게 있었다. 이상호는 그렇게 생각했다. 거기서 그는 전율을 느낄 수 있었다.

'만약 절대악에게 힘이 없었다면.'

그랬다면 미국에게 광산을 빼앗겼을 거다. 최소 수십조 달러 이상의 어마어마한 가치를 가진 곳이니까.

'그렇지만 절대악이니까.'

때마침 노이즈가 걷히고 촬영이 가능해졌다. 그는 황급히 상황을 중계했다.

-절대악이 드레탄 평야를 드레탄 기암바위로 바꾸는 데 성공했으며 아서 광산을 안정화시킨 뒤 입구 포탈을 설정하였습니다.

황금빛으로 빛나고 있는 워프 포탈. 저것이 바로 이곳, 드레탄 기암바위 내에서 이어지는 아서 광산의 입구 아니겠는가.

-절대악은 압도적인 무력으로, 미국으로부터 정당하게 아서 광산의 소유권을 인정받았으며…….

목이 메어왔다. 예전 SBN에 입사해서 일할 때와는 완전히 달랐다.

'불과 반년 전만 해도 지금과는 상황이 완전히 달랐지.'

SBN에서 일할 때에는 앞이 어두웠다. 현대판 귀족 제도와 노예 제도가 존재했던 그때.

'그렇지만……!'

그때와는 상황이 완전히 달라졌다. 절대악이 존재함으로 인하여 한국에 커다란 변화가 생겼다. 대다수 국민들 위에 군림하던, 그리고 군림하려던 신귀족과 대연합이 무너지고 노력하면 보답 받을 수 있는 세상이 되어가고 있다. 상식이 상식으로 지켜지는 한국으로 변화되고 있다. 이상호 기자는 그 변화가 너무나 감격스러웠다.

-절대악의 행보가 아메리아 대륙을 변화시키고 있습니다.

한국을 넘어 미국까지. 그 절대적인 영향력을 행사하는 사람이 다름 아닌 저 남자. 자신의 은인이라 할 수 있는 절대악 아닌가.

이상호는 흥분했다.

-마침내 아서 광산이 완벽하게 안정화되었습니다! 미국 땅 아메리아에, 아서 광산이 모습을 드러냈습니다.

한주혁은 권능의 귓말을 사용했다.

-스킬. 권능의 귓말을 사용합니다.

현재 장로들은 타 대륙. 그러니까 센티니아 대륙 프루나에서 대기하고 있다. 권능의 귓말을 사용하면 타 대륙에 있어도 귓말 전송이 가능하다.

베르디와 팬더를 불렀다.

-팬더. 베르디. 드레탄 평야로 이동해. 마법 사용해서 기자들에게 모습을 보이지 말고.

한주혁의 명령을 받은 팬더와 베르디가 드레탄 평야, 지금은 드레탄 기암바위로 변한 이곳으로 이동했다. 한주혁의 명령대로, 모습을 노출하지는 않았다. 베르디가 귓말로 말을 걸었다.

-주군 오라버니. 필드명이 변한 것 같사와요.

팬더는 길을 찾는 자, 패스파인더답게 주변을 먼저 훑었다.

-필드명뿐만 아니라…… 전체적인 필드의 형태도 변했군. 마치…… 이렇게 거대한 바위가 생겨날 수 있도록 미리 예비되어 있던 땅처럼.

한주혁이 어깨를 으쓱하고 귓말로 얘기했다.

-드레탄 평야가 드레탄 기암바위로 변했고, 이곳에 아서 광산으로 이어지는 워프 포탈이 개방됐다. 이 모든 것들은 절대악의 메인 시나리오 퀘스트와 연관이 있다고 판단된다.

베르디와 팬더는 고개를 끄덕였다. 그들도 그렇게 생각했다. 잠자코 한주혁의 말을 경청했다.

-드레탄 평야가 어째서 드레탄 기암바위로 변했는지는 모른다. 다만, 아서 광산의 경우 블랙 크리스탈 봉화대를 통하여 생성된 광산이다.

당연히 아는 말이다. 한주혁이 군이 이 사실을 짚는 이유는 따로 있었다.

-애피타이저로 레벨 300대 몬스터 군단이 모습을 드러냈었다.

말 그대로 전초전. 사실 '진짜'는 바로 이 아서 광산이다. 아서 광산을 위해 애피타이저로 레벨 300대 몬스터들이 득실득실한 몬스터 군단이 모습을 드러냈었다.

베르디가 생긋 웃었다.

-주군 오라버니께서는 아서 광산에 무엇인가가 더 있을 거

라고 생각하시는 것이로군요?

주군 오라버니께서는 정말 철두철미하고 꼼꼼하셔요. 주군의 그러한 모든 것들이 제 심장을 콩닥콩닥 뛰게 만든답니다! 베르디는 그렇게 외치고 싶었지만 참았다.

이번에는 팬더가 말했다.

-주군께서는…… 처음 아서 광산에 입장했을 때의 단서를 놓치지 않고 계신 것이군요.

아서 광산에 처음 들어갔을 때, 몬스터들이 존재했었다. 많지는 않았고 위협적이지도 않았지만, 분명히 그랬다.

-맞아.

단순히 광물이 존재하는 광산이었다면, 이렇게 거창할 필요는 없었다.

-이 시스템이…… 단순히 내게 군자금을 대주려고 아서 광산을 활성화시키지는 않은 것 같거든.

제우스가 그리고 있는 큰 그림. 기득권과 신흥 세력과의 전쟁. 그 거대한 흐름 속에, 아서 광산이 과연 그저 광산일까. 확신할 수 없었다.

한주혁이 말했다.

-한국 기반 대륙에서 진행되고 있는 메인 퀘스트가 이제는 미국 기반 대륙으로 이어졌어. 미국 기반 대륙으로 이어져야만 하는 어떠한 이유가 있는 건 아닌가. 그런 생각이 들었다.

-합당한 생각이셔요! 주군 오라버니의 말씀은 금처럼 귀하

고 꿀처럼 달콤하답니다.

-합리적인 생각이십니다. 주군.

그래서 굳이 베르디와 팬더를 이곳까지 불렀다. 마음 같아
서는 장로들을 전부 소집하고 싶지만, 너무 티 나게 움직였다
가는 괜히 에르페스의 의심을 살 수도 있다. 타 대륙으로 이동
하는 것은 에르페스 제국의 워프 포탈을 이용해야만 하니까.

팬더가 물었다.

-지금 입장하시겠습니까?

-아니, 잠시 기다려.

아직이다. 뭔가가 더 있을지도 모를 아서 광산. 이 아서 광
산은 '절대악 메인 시나리오 퀘스트'일 확률이 매우 높다. 성좌
퀘스트가 성좌들의 능력이 절대적으로 필요하다면, 절대악 퀘
스트 역시 절대악의 능력이 절대적으로 필요하지 않겠는가.

그때 마리안, 그러니까 천세송이 이주랑과 함께 모습을 드
러냈다.

"오빠! 나 왔어요!"

"잘했어?"

"응. 나 이제 4강까지 진출했어."

미스 에르페스 4강까지 진출했단다. 한주혁은 활짝 웃고 있
는 천세송의 머리를 슥슥 문질렀다.

"잘했어. 혹시라도 뭐 예전에 갈튼 같은 놈이 또 난장판 피
우거나 그러면 그냥 때려치워. 알겠지?"

"갈튼처럼 굴었다가는 또 멸망당할 수도 있잖아. 이제 안 그래. 내 미래 남편이 오빠인 거 다 알아. 심사 위원들도."

베르디는 몸을 배배 꼬았다.

"팬더. 너무너무 보기 좋사와요. 주군의 모습과 주모의 모습이 너무나 아름다워요. 베르디는 행복해요. 한 폭의 그림 같아요. 주군의 저 손길은 얼마나 따뜻할까요? 사랑이 가득 담긴 저 손길과 주모님의 아름다운 미소는 제 보물이어요. 팬더도 그렇죠?"

"어, 음. 그런가?"

베르디만큼 감성적이지 못한 팬더는 대충 대답했다가 베르디에게 정강이를 얻어맞았다.

"그러니까 팬더가 모쏠인 것이어요. 팬더는 모쏠이 뭔지도 모르죠? 주군 세계의 언어도 모르는 아재 같으니라고!"

어쨌든 절대악의 보조 클래스이자 성장 파트너인 앱솔루트 네크로맨서도 도착했다.

거기에 더해 한 명 더 왔다.

"인벤토리를 전부 비우고 왔습니다."

이미 마음속으로는 '형님'이라 외치고 있지만 적어도 겉으로는 아직 형님이라 부르지 않고 있는, 인터넷 논객이자 매지컬 콜렉터인 3충성이 '형님'이라는 말을 겨우 참았다.

'나는 중립적인 인터넷 논객……!'

이미 마음은 형렐루야 형멘으로 기운 지 오래지만 그래도 이것은 마지막 그의 자존심이었다.

"매지컬 콜렉터로서의 임무를 성실히 수행하겠습니다."

한주혁, 천세송, 충성충성충성. 그리고 베르디와 팬더. 5명의 파티가 아서 광산 워프 포탈 앞에 섰다.

-아서 광산에 입장하시겠습니까?

'안정화된 아서 광산'은 예전에 들어왔을 때와 별반 다르지 않았다. 다만 차이가 있다면.

"저번보다 훨씬 더 커졌군."

광역 탐지로 느껴본바, 광산의 규모가 훨씬 더 커졌다. 파이라 대륙에 존재하는 광산에 들어가 보지 않아서 모르겠지만, 이 정도면 파이라 대륙에 있는 광산과도 비견될 정도인 것 같다.

팬더가 말했다.

"몬스터는 느껴지지 않습니다."

제법 어두운 느낌의 동굴. 벽에 일렬로 마법횃불들이 걸려 있어서 어둠을 몰아내고 있었다.

"벽면에 광물들이 묻혀 있는 것 같습니다. 특별한 방식으로 파내면 몬스터 스톤을 파낼 수 있을 것 같습니다."

안쪽으로 이동하면 이동할수록 더 상위급의 몬스터 스톤이 묻혀 있었다.

"블루 스톤입니다."

마치 개미굴처럼 여기저기 길이 뚫려 있었는데 팬더가 아니었다면 길을 잃을 수도 있을 정도였다.

"구조가 굉장히 복잡하고 서서히 지하로 내려가는 구조입니다. 이곳에서 일반 플레이어 혹은 NPC들이 몬스터 스톤을 채굴하려면…… 미리 이정표 등을 만들어야 할 것 같습니다."

그러면서 그는 스케치북같이 커다란 종이에다가 무언가를 계속해서 그렸다.

"뭘 하는 거지?"

"시르티안 장로의 부탁입니다. 광산의 도면을 최대한 자세하게 그려달라고 했습니다. 추후 채굴 플레이어나 NPC들을 파견하기 위한 사전 작업입니다."

한주혁이 씨익 웃었다. 장로들이 이래서 좋다. 놓치고 있는 것들을 알아서 척척 해준다. 자신이야 광역 탐지가 있다지만, 일반 플레이어들이 여기 들어왔다가는 길을 잃고 나가지도 못하게 될 거다. 시르티안은 그 점을 정확하게 짚었다.

"주군. 레드 스톤입니다. 이곳부터는 레드 스톤이 묻혀 있는 것 같습니다."

아서 광산 탐사 자체는 그렇게 어렵지 않았다. 팬더가 없었다면, 약간은 애를 먹긴 했겠지만 그래도 난이도 자체가 높은 편은 아니었다.

'레드 스톤.'

레드 스톤보다 상위급이라면 블랙 스톤이다. 그러나 전 세계의 어느 곳에도, 블랙 스톤을 채굴할 수 있는 광산은 없다.

'레드 스톤 스팟에 도착했다는 건…… 광산도 거의 끝에 다 와 간다는 소리인가.'

그런 것 같지는 않다. 광역 탐지로 느껴지는 이 광산은, 탐사한 곳보다 탐사하지 않은 곳이 훨씬 더 많을 정도로 광대했으니까. 이렇게 평이하고 평안할 리는 없다.

그때 시르티안이 말했다.

"주군."

한주혁도 발견했다.

"저기."

광산 내에 또 다른 워프 포탈이 보였다. 지하로 내려가는 계단의 모습을 가진 포탈이다. RPG게임과 비슷한 형식이다. RPG게임에서는, 계단을 클릭하면 다른 곳(이를테면 위층이나 아래층 등)으로 이동하게 된다. 올림푸스도 마찬가지다.

한주혁이 다시 한번 확인했다.

"이전 아서 광산에 저런 건 없었지?"

"예. 없었습니다. 완전히 새로운 것입니다."

아서 광산에 새로운 게 생겼다. 분명히 뭔가 더 있다. 워프 포탈 앞에 서자 알림이 들려왔다.

-지하 2층으로 내려가시겠습니까?

일행은 지하 2층으로 이동했다.

워프를 끝낸 후, 팬더가 눈을 크게 떴다.

'이건……!'

주군의 예상이 맞았다. 절대악 메인 시나리오 퀘스트. 뭔가가 더 있었다.

한주혁에 눈에 들어온 것은 녹색을 띠는 바닥면이었다.

'안전지대.'

던전과 마찬가지로 안전지대가 설정되어 있었다.

'아서 광산 지하 2층부터는 던전으로 봐도 무방하다는 얘기인가?'

그럴 수 있다. '광산'이라는 이름이 붙어 있는 던전. 던전의 종류는 수도 없이 많으니까. 다만 특이점이 있다면 광산이라는 이름답게 몬스터 스톤을 채굴할 수 있는 던전이랄까.

'1층에는 이런 게 없었고.'

2층부터 난이도가 대폭 올라간다는 소리일지도 모르겠다.

"주군 오라버니. 저기 움직이지 못하는 석상이 있어요."

이곳은 직사각형 형태의 방이라 볼 수 있었다. 매끈하게 다듬어지지 않은 벽들. 인공적으로 만든 것 같지는 않지만, 어쨌든 전체적인 형상은 직사각형 공간에 가까웠다.

"석상이라."

한주혁은 안전지대에서 벗어나지 않은 채 석상을 유심히 살폈다.

'팔이 네 개. 전체적으로 인간에 가까운 형상.'

단순 조형물은 아니었다.

'흑색으로 물들어 있는 H/P바.'

H/P바가 보였으니까.

활성화되지는 않았다. 골렘과 비슷한 형태인 것 같기도 했다.

'이름은 확인이 불가하고.'

보통, 몬스터의 이름은 확인 가능하다. 확인이 되지 않는 경우는 어떤 특별한 이유가 있어서 물음표로 표시되거나 아예 표시되지 않는 경우다. 다시 말해 지금은 특별한 경우라는 소리다.

'물음표로 표시되어 있다라……'

H/P는 흑색으로 비활성화 상태. 몬스터인지 모를 저 석상의 이름은 물음표.

팬더는 한주혁과 베르디보다 훨씬 조심스러운 태도로 석상을 살폈다. 분명 뭔가 있다.

'파악이 불가능해?'

방해장이나 트랩 같은 것은 없다. 그런데도 파악이 어렵다. 분명 뭔가를 숨기고 있다.

'이름을 알아내기조차 어렵다니.'

팬더는 식은땀을 흘렸다. 이 석상, 위험한 느낌은 나지 않는다. 분명 지금은 비활성화 상태다. 그렇지만 결코 그냥 조형물은 아니었다.

'아직 확실하지 않지만…… 풍겨지는 기운이 주군과 비슷하다. 이건…… 악 속성?'

정확하지는 않다. 느낌이 그렇다. 그래서 아직 보고를 올리지는 않았다. 좀 더 파악이 필요했다.

한주혁이 물었다.

"팬더. 보스 몬스터일 확률은?"

"늦어져서 죄송합니다. 파악 중입니다. 조금만 기다려 주십시오."

팬더는 안전지대를 벗어나 석상 주변을 샅샅이 탐색했다.

"골렘과 비슷한 형태이긴 합니다만…… 표면에 의미를 알 수 없는 문자들이 빼곡히 새겨져 있습니다. 악 속성의 기운이 약간 느껴지긴 합니다만 정확하지 않습니다."

"주군 오라버니. 베르디가 저 문자들을 알고 있사와요."

석상과의 거리는 제법 떨어져 있었지만, 베르디는 마법으로 글자를 확대해서 살폈다.

"고대 마법언어랍니다. 해석할 수는 없지만요."

"고대 마법언어라."

자신이 활성화시킨 아서 광산, 그곳에 고대 마법언어가 새겨진 골렘이 있다?

"고대의 마법문물이 지금의 마법문물보다 더 위대하다고 했었나?"

"맞사와요. 현대의 마법문물은 기록에 남아 있는 고대의 유산을 바탕으로 재구성한 것이어요. 어느 부분에서는 현대의 마법이 고대의 마법을 뛰어넘었다고 알려져 있지만, 사실 저는 그것에 동의하는 편은 아니랍니다. 제가 생각하기에 지금의 마법수준은 고대의 수준을 쫓아가지 못할 것이어요."

고대의 마법언어가 잔뜩 새겨져 있는 골렘 형태의 석상.

"주군! 석상의 이름을 파악하는 것에 성공하였습니다."

"뭐지?"

"가디언입니다."

그 말에 베르디가 깜짝 놀랐다.

"팬더. 뭐라구요?"

"가디언. 내가 파악하기로는 그렇다. 분명 가디언이다."

베르디가 두 눈을 꿈벅거렸다. 가디언. 그녀가 아는 고대 문물이다.

"주군 오라버니. 저것이 제가 알고 있는 가디언이라면……현대에서 재현하지 못한 고대 마법병기 중 하나여요."

"고대 마법병기?"

"이름으로는 그래요. 과거 아주 중요한 것들을 지키기 위하여 고안해 낸, 무엇인가를 지키는 수호자. 그것들이 가디언이어요. 꾸준히 마력을 공급해 줘야 하는 현대의 골렘과 달리, 한 번 만들어놓으면 파괴되기 전까지 반영구적으로 동작한다고 알려져 있사와요. 고대에는 수호자라고 불렸다고도 했사와요."

'가디언이라.'

한주혁은 '가디언'을 유심히 살펴봤다.

'수호자.'

광산, 2층, 수호자. 이 키워드들은 무엇을 뜻하는 것일까.

"베르디. 그렇다면 저 가디언을 활성화시킬 방법이 있나?"

"현대의 문물은 고대의 문물을 바탕으로 발전한 것이어요. 근본은 같답니다. 현대의 골렘과 구동 원리는 비슷할 것이어요."

"에너지 스톤?"

그것이 몬스터 스톤이 됐든, 아니면 인위적으로 마력을 넣은 에너지 스톤이 됐든. 뭔가 골렘을 구동시킬 에너지원이 필요하다는 소리다.

팬더가 조심스레 의견을 내놓았다.

"팔꿈치 부분에 몬스터 스톤을 끼울 수 있을 법한 형상의 움푹 패인 곳이 있습니다. 팔 4개 전부 동일한 흔적이 있습니다."

한주혁이 고개를 끄덕였다. 일단 여기서 얻을 수 있는 정보는 다 얻은 것 같다. 팬더와 함께 2층을 잠시 둘러보기로 했다.

이참에 도렌트는 정책 노선을 완전히 뒤바꿨다.

"부끄러움과 수치를 무릅쓰고 한국으로 달려가 절대악을

설득시킨 사람입니다."

이전에 그는 '반 절대악'을 외쳤다. 그것이 미국의, 미국에 의한, 미국을 위한 길이라고 말했었으니까.

"여러분들도 모두 아실 것입니다. 제가 이러한 선택을 하게 된 것이 얼마나 부끄럽고 창피한 일인지."

반 절대악을 외쳤던 도렌트가 이제는 친 절대악을 외쳤다.

"저는 부끄러움을 무릅쓸 수 있는 사람입니다. 미국을 위해서, 미국 시민들을 위해서. 저는 과거의 저를 돌이켜 바른길로 나아갈 수 있는 사람입니다."

어쨌든 그가 절대악의 마음을 움직였다는 것은 사실이었다. 도렌트 지지자들 중 일부는 도렌트가 노선을 갈아탔다는 것을 비웃었지만, 또 일부는 도렌트의 행보에 적극적인 지지를 보내기도 했다.

"그래. 잘못된 걸 알았으면 고칠 줄 아는 사람이어야지."

"이거 잘했다."

연쇄 점화 사태로 인해 꺼질 것만 같았던 도렌트 열풍이 조금씩 다시 불기 시작했다. 도렌트는 이것을 기회로 삼았다. 훨씬 더 노골적으로, 훨씬 더 적극적인 '친 절대악' 노선을 탔다.

"절대악과 공존하면서 절대악은 절대악대로의 이득을, 그러나 미국은 더욱 큰 이득을 얻을 수 있는 공조 관계를 구축하겠습니다."

도렌트 열풍은 아직 꺼지지 않았다.

한편, 전 세계의 수많은 사람들. 특히 정보를 다루는 정부기관들은 이번 사태를 눈여겨봤다.

러시아 대연합. 검객 연합의 호크는 진심으로 궁금해했다.

"도대체 도렌트가 절대악의 마음을 어떻게 되돌린 거지?"

"전력으로 파악 중입니다."

뭘 제시했길래. 도대체 어떻게 절대악의 마음을 움직인 건지 모르겠다. 상황만 봐서는 절대악이 결코 움직이지 않을 것 같았는데.

"현재까지 파악된 건 전혀 없나?"

"절대악이 이런 말을 남겼다고 합니다."

그 말이 좀 황당하기는 했다.

"가장 많이 사용한 말이……."

그것이 바로 '응. 안 돼. 돌아가'였다.

"그리고 데이트 때문에 바쁘다고 얘기했다고 합니다. 데이트 얘기가 나온 직후. 절대악이 마음을 돌렸다고 합니다."

호크는 미국 대통령과 한주혁의 대화를 일부 알고 있다. 미국 대통령과 '변비' 혹은 '화장실'에 관한 얘기를 했다고 했다. 그렇다면 이것도 어떠한 의미를 함축하고 있는 단어일까.

"데이트?"

흔히들 아는 그 데이트와 관련이 있는 건가.

"데이트가…… 무슨 상관이지?"

"죄송합니다. 파악 중입니다."

완전히 돌아섰던 절대악을 설득할 수 있었던 무기. 그게 무엇인가.

'뭔가 있다.'

역시 미국이다. 미국이 뭔가를 쥐고 있다. 호크는 비교적 절대악에 대해서 잘 안다고 자부한다. 절대악은 자신의 여자를 모욕했다는 이유로 전쟁을 일으켜 왕국을 먹어버렸다.

세상 사람들은 엄청난 영웅인 줄 알지만, 호크는 그렇게 생각하지 않는다. 영웅은 맞는데, 결코 선하기만 한 영웅은 아니다.

'그 무엇인가를 알면 러시아에게 매우 큰 도움이 될 거야.'

작게는 검객 연합에 크게는 러시아 전체에 영향을 끼칠 수 있을 거다.

러시아 참모부는 그것을 파악하기 위해 발로 뛰었다. 절대악의 마음을 돌릴 수 있는 무언가. 비장의 수가 무엇인지 알아내기 위하여.

Siri와 다르크가 만남을 가졌다. 그들은 검찰의 추적까지 받고 있는 상황으로 오프라인에서는 모임을 갖지 않고, 올림푸스에서만 모임을 갖고 있다.

인형술사 Siri가 말했다.

"진짜로 검찰 나부랭이들이 우리를 잡으려 할 리는 없어."

검찰들은 그래 봤자 권력자들의 하수인에 불과하다. 절대악때문에 판도가 많이 바뀌기는 했지만, 그래도 한국은 한국이다. 본질은 바뀌지 않는다.

신귀족이 하층민들을 지배하는 세상. 90퍼센트의 서민 개돼지들이 10퍼센트의 귀족들을 떠받들어야 하는 세상. 그런 세상의 검찰이란 10퍼센트의 귀족을 지키는 개에 불과하다. 적어도 Siri는 그렇게 생각했다.

"지금 중요한 건 검찰의 추격 따위가 아냐."

어차피 모션만 취할 거다. 검찰 놈들도 뒤가 많이 구리다. 이쪽을 추격하는 척만 하고, 제대로 수사하지는 않을 거다.

"중요한 건…… 놈이 광산을 정말로 얻게 놔두면 안 된다는 거지."

이미 성좌들은 엄청난 열세에 몰려 있다. 지금도 절대악을 상대하기가 너무나 버겁다.

'괴물 같은 새끼.'

자신들도 급속도로 강해지고 있는데, 절대악은 그것보다 더 빠른 속도로 강해지고 있다. 아무리 생각해도 괴물이다. 그의 성장 속도는 상상할 수조차 없을 정도다.

"이런 상황에서 놈이 광산까지 갖게 된다면…… 영향력이 더욱더 막강해지겠지."

3번 성좌 다르크가 말했다.

"방법이 있습니까, 누님?"

"광산을 무너뜨리면 돼."

"광산을요?"

Siri가 고개를 끄덕였다.

"절대악의 성향상, 광산을 독점하지는 않을 거야. 미국인이 됐든, 한국인이 됐든, 광산을 풀어주겠지. 다만 그곳에서 나오는 이득의 얼마를 떼는 식으로."

"그냥 앉아서 돈을 벌겠다는 개 같은 심보로군요."

세상 사람들은 절대악을 영웅으로 알지만, 아니다. 그저 영웅놀이에 심취한 개새끼일 뿐이다. 다르크는 진심으로 그렇게 생각했다. 기존 사회를 어지럽히고 기득권을 부정하는 사회 반동분자. 그가 보는 절대악은 그랬다.

"그때. 광산에 사람들이 몰렸을 때 광산을 무너뜨리면 절대악은 비난을 면치 못하겠지. 절대악의 위상에 큰 흠이 생길 거야."

"광산을 무너뜨릴 방법이 있긴 있어요?"

공격 불가 설정이 되어 있으면 무너뜨릴 수가 없을 텐데.

"이걸 사용하면 돼."

Siri가 아이템을 내밀었다. 아이템의 이름은 '케르핀의 낙서장'.

"공격 불가 설정을 공격 가능 설정으로 바꿀 수 있어."

"이런 좋은 아이템은 또 어디서 구하셨어요?"

다르크는 광산을 무너뜨려 일반 플레이어 혹은 NPC들을 죽이는 것이 정당한지, 정당하지 않은지에 대한 생각은 전혀 하지 않았다.

다만 무너뜨릴 수 있는 방법이 있는지 그리고 그들에게 더 큰 피해를 입힐 수 있을지. 그에 대해 궁금해했다.

"델리트도 시킬 수 있을까요? 그래야 효과가 직빵일 것 같은데."

"다 방법이 있어."

절대악의 아성은 절대 쉽게 무너지지 않는다. 그러나 그냥 둘 수는 없다. 조금씩, 조금씩. 무너뜨려야 했다. 영원한 절대자는 없다.

Siri가 이를 바드득 갈았다.

"그 사회 부적응자 새끼를…… 내가 기필코 갈아 마시고 말겠어."

한주혁은 팬더와 함께 2층을 탐색했다.

"레드 스톤이 대량으로 묻혀 있습니다. 다만 특별한 채굴 스킬 등이 있어야만 채굴할 수 있을 것 같습니다."

2층에는 대량의 레드 스톤이 묻혀 있다. 길이 굉장히 복잡하고 어려웠다. 그래도 괜찮았다.

"빠른 시일 내로 지도를 완성시키겠습니다."

팬더가 있으니까. 정확한 지도를 만들어서 배부하면 길이 어려운 것 자체는 큰 문제가 되지 않는다.

다시 처음의 자리로 돌아왔다. 안전지대는 이미 사라진 상태. 흑색의 석상이 눈에 들어왔다.

"저 석상에 관한 것은?"

"죄송합니다. 주군. 아직 파악하지 못했습니다."

베르디가 말을 보탰다.

"만약 저것이 보스 몬스터와 비슷한 형식으로 구동된다면…… 어쩌면 위험할지도 모를 일이어요. 고대의 마법병기가 맞다면 말이어요. 고대의 마법문물은 상상을 뛰어넘는답니다."

한주혁이 씨익 웃었다.

'베르디가 긴장할 정도야?'

저게 과연 고대의 문물이 맞는지 아닌지는 모른다. 지금 알고 있는 거라곤 오로지 '가디언'이라는 이름뿐.

'이마저도 팬더의 능력이 아니었다면 알아내지 못했겠지.'

팬더의 능력으로도 이름만 겨우 알아낼 수 있고 베르디가 해석할 수 없는 문자가 가득 새겨져 있는 석상.

'얼마나 대단한 것이길래.'

재미있었다. 이 올림푸스 세계에 또 얼마나 많은 것들이 숨겨져 있을지. 흥미가 일었다.

그리고 정확히 24시간이 지난 후, 한주혁이 올림푸스에 다시 접속했을 때. 팬더가 무엇인가를 내밀었다.

"주군. 아서 광산의 1층과 지하 1층의 지도를 완성하였습니다."

그런데 그 지도가 조금 이상했다. 팬더의 얼굴도 약간 상기

되어 있었다.

한주혁은 팬더의 표정을 읽을 수 있었다. 무엇인가 새로운 것을 발견했을 때. 그때 짓는 즐거운 표정이다.

한주혁도 지도에서 무엇인가를 발견했다.

"팬더. 이건……?"

9장
가디언

한주혁은 지도의 모양에 집중했다.

'전체적인 지형의 모습이······.'

낯이 익었다. 이 형상. 한주혁도 분명히 알고 있는 모습이었다.

'가디언?'

고대에 수호자라고도 불렸던 가디언의 형상. 팔이 네 개이고 사람에 가까운 형태. 이마 가운데에는 뿔이 하나 돋아나 있고 네 개의 팔에는 크기가 제각각인 망치를 들고 있는 그 형상이 지도에 재현되어 있었다.

"모양 자체는 투박하여 러프하긴 합니다만······."

"가디언의 형상이네."

"그렇습니다."

시르티안의 부탁으로 이곳의 지도를 만들어봤다. 그런데 그

지도가 어떠한 특별한 형상을 하고 있다.

"팬더. 이게 우연일 확률은?"

"없습니다."

그런데 그 특별한 형상에 약간 이상한 점도 있었다.

"네가 말하려고 하는 것이 이 부분이겠군."

한주혁이 손가락으로 지도 가운데 부근을 가리켰다.

"그렇습니다."

전체적인 형상은 가디언이 맞는데, 허리 부분이 잘려 있었다.

"1층이 머리부터 배까지의 형상을 드러내고 있고 지하 1층이 하반신과 닮은 모양입니다."

"그런데 허리띠가 없다라."

가디언은 허리 부근에 특이한 모양의 허리띠를 하고 있었다. 여러 가지 모양의 보석들(짙은 회색빛이라 어떤 보석인지는 알 수 없으나)이 주렁주렁 달려 있는 허리띠였다.

"그렇습니다. 허리 부분이 잘려 있습니다."

"그렇다는 말은 숨겨진 부분이 있다는 얘기겠네."

"샅샅이 살펴보았지만, 지하 2층으로 내려가는 길은 아직 찾지 못했습니다."

지하 2층은 아닌 것 같다. 지금 당장은 말이다. 한주혁이 고개를 끄덕였다.

"1층이 상반신 지하 1층이 하반신. 그런데 중간이 없다라."

그렇다면 지하 1층과 1층 사이에 무언가가 또 있다는 얘기인가.

"죄송합니다. 바로 알아차리지 못하였습니다."

"아니. 괜찮아."

베르디가 긴장할 정도의 가디언이 있는 곳이다. 활성화 시키는 데에만 해도 레벨 300이 넘는 몬스터 군단이 모습을 드러냈던 특이한 스팟(*지점)이다. 팬더가 이곳의 히든 피스를 찾아내지 못한 것이 이상한 일은 아니었다.

옆에서 가만히 듣고 있던 천세송이 말했다.

"원래 히든 피스는 평생에 한 번도 못 찾는 게 일반적이에요. 오빠가 엄청 특이한 거지. 그러니까 팬더는 기죽지 말아요."

앱솔루트 네크로맨서 마리안(천세송)의 말에 팬더는 즉시 무릎을 꿇고 머리를 바닥에 쿵! 찧었다.

"주모님의 말씀에 몸 둘 바를 모르겠습니다. 주모님의 하해와도 같은 아량과 은혜에 신 팬더. 목숨을 바쳐 주군과 주모를 보필하겠습니다!"

팬더는 의욕에 불타올랐다. 천세송의 한마디로 충성심이 더더욱 깊어졌음은 두말할 필요도 없다.

'반드시……'

반드시 히든 피스를 찾아 주군께 헌납하리라. 팬더는 그렇게 다짐하고 지하 1층을 샅샅이 뒤지기 시작했다.

케르핀의 낙서장. 구하기 힘든 아이템이다. 시중에 공개조차 되지 않았으며 한주혁도 여태까지 두 번밖에는 구할 수 없었던 아이템. 그 아이템을 인형술사 Siri가 얻게 됐다.

그녀는 입술을 깨물었다.

'이걸 사용해서 공격 불가 설정을 바꾸고 그 이후에 뉴클리안을 사용한다.'

자신의 딸인 유리아를 파국으로 몰아넣고 세계의 영웅인 척 호의호식하고 있는 절대악을 볼 때마다 부아가 치밀어 올랐다. 기존 세계에 적응하지 못하고 발악하는 사회 부적응자는 처단해야만 했다.

유리아에게 말했다.

"뉴클리안을 쓸 거야. 광산에."

"뉴클리안을 구했어? 어떻게?"

유리아도 뉴클리안에 대해 안다. 불칸의 청은이라는 NPC가 주도적으로 개발한, 차세대 마법병기 아닌가. 현실에서는 올림푸스의 핵무기라고도 불리는 그것.

"아빠가 도와줬어."

"할아버지가? 할아버지는 그렇게 적극적으로 나서지 않잖아. 무슨 바람이 불었대?"

유리아는 할아버지인 태르민에게 적잖이 실망한 상태다. 태르민 일가를 이토록 박살을 내놓았는데, 태르민의 대응에 미적지근한 구석이 있었으니까.

"할아버지도 이제 절대악을 죽이기로 마음먹었대?"

"글쎄. 그것까지는 모르겠어. 나도 요즘 아빠 보기가 힘드니까."

딸인 Siri도, 손녀인 유리아도 태르민이 어디서 뭘 하는지 알기 힘들었다. 다만 중요한 건 태르민이 에르페스 제국의 뉴클리안을 플레이어들에게 전해줄 수 있었다는 것.

유리아가 씨익 웃었다.

"어쨌든 뉴클리안이면 절대악, 그 새끼를 죽일 수 있겠네."

"죽여야지."

"델리트야?"

"델리트는 기본으로 들어가 있지. 당연히."

Siri는 딱 거기까지만 말했다. 더 말하고 싶은 게 있었지만 말하지 못했다. 아직 확실하지 않았으니까.

'아주 잘하면……'

아주 적은 확률이지만.

'현실의 몸도 죽여 버릴 수 있어.'

현실의 절대악도 죽일 수 있다. 지금 절대악은 이중 삼중으로 보호받고 있다. 한국은 물론이거니와 우방국들의 비밀 경호까지 받고 있는 중. 그 삼엄한 경호를 뚫고서 절대악에게 해악을 끼치기는 거의 불가능에 가깝다. 절대악 스스로도 올림푸스 문물로 몸을 보호하고 있고.

현재 시각 새벽 1시. 유리아가 나가고 아무도 없는 어두운 방에서 Siri는 흐흐흐, 하고 웃었다.

'에르페스 제국의 연구는 점점 더 진행되겠지.'

아주 오래전에 실험을 진행했었다. 시간이 많이 지나게 되면, 올림푸스를 지배하는 자가 실제로 현실을 지배할 것이다. 올림푸스에서 죽으면 현실에서도 죽는 것이 언젠가는 가능해질 거다. 이미 그 연구는 진행되고 있었다.

'하필이면 이 시기에 제국을 어지럽히는 쓰레기들이 나타나서 문제지만.'

NPC로는 젊은 영웅 칸트와 대도 블랙. 플레이어로는 절대악 같은 놈들이 에르페스 제국을 방해하지만 않았어도 대연합이 건재해서 에르페스 제국과 태르민 일가의 연합이 더 단단했었다면, 그랬다면 훨씬 더 연구가 진전되었을 거다.

"그래도 델리트는 확실해."

죽일 수도 있다면 좋겠지만, 일단 델리트는 확실하다.

"올림푸스 속 능력이 없어진 네놈이 얼마나 발악할 수 있을지 두고 보자고."

지금은 이렇게 수세에 몰려 당당히 얼굴을 드러내 놓고 다닐 수 없는 처지가 되었지만, 그래도 괜찮다. 어차피 마지막에 웃는 사람이 진짜 웃는 사람 아니겠는가.

'절대악은 매일같이 오전 8시에 아서 광산에 진입한다.'

세상에 알려지기로는 아서 광산의 지도를 만들고, 위험 요

262 랜덤
플레이어 18

소를 제거 중이란다. 파이라 대륙의 '순수 광산'들과는 달리, 던전의 성격을 가지고 있다고 하니까.

'오전 8시. 우리도 접속한다.'

그리고 거사는 오전 9시. 그때 치르기로 했다.

도렌트는 '반 절대악 노선'에서 '친 절대악 노선'으로 스탠스를 바꿨다. 처음에는 지지율이 떨어지는가 싶더니, 다시금 지지율이 미친 듯이 치솟아 오르기 시작했다. 도렌트의 행보가 결국은 미국인들을 잘살게 해줄 것이라는, 도렌트 열풍이 다시금 불기 시작한 것이다.

도렌트는 현재의 상황이 굉장히 흡족했다.

"대중이란…… 정말 알다가도 모르겠군."

어찌 됐든 자신에게 유리한 방향으로 흘러가고 있다. 차기 대통령은 자신이 될 수도 있었다.

"우리는 합법적이고 정당한 한도 내에서, 미국의 권익과 이익을 최우선시한다."

물론 약간의 단서가 붙는다.

"절대악과 거래할 때에는 그렇게 해야 돼."

다른 나라 혹은 인사는 약간 무시해도 된다. 어차피 세계 최강국은 누가 뭐라 해도 미국이 틀림없다. 미국이 미국을 보호하기 위하여, 약간의 보호 조치를 하는 것으로 미국에 반기를 들 나라는 없다.

그의 참모 역시 생각을 같이했다.

"그렇습니다. 절대악은…… 그 자체로 하나의 나라로 봐야 하니까요."

"우리는 정당하게. 정당한 관세로 이득을 봐야지."

앞으로 아서 광산은 엄청난 이득을 가져올 것이 불 보듯 뻔하다.

"어쨌든 몬스터 스톤을 어딘가로 옮겨야 하는 건 사실이니까."

센티니아 대륙이든 어디든. 일단 어딘가로 옮겨야 한다. 몬스터 스톤을 어딘가에 팔기는 팔아야 하니까.

참모가 말했다.

"다행히 몬스터 스톤에 붙는 관세와 세금은…… 높은 편이죠."

비단 미국만 그런 게 아니다. 몬스터 스톤 거래에는 세금이 많이 붙는다.

"드레탄 평야의 소유권을 완전히 인정하고 양도하는 대신 합법적으로 세금을 물릴 수 있다는 건 좋은 일이야."

아무리 절대악이어도 정해진 법은 따라야 한다. 그건 당연하다. 아무리 힘이 있고 부자여도, 법 위에 군림할 수는 없으니까.

"예. 지금 손을 써놨습니다. 안 그래도 세금을 낮추려 했던 이들의 입막음이 끝난 상태입니다."

원래는 세율을 낮추려고 했다. 세율을 낮추고 몬스터 스톤 거래를 통한 이득을, 국민들에게 더 나누려고 했었다. 그게 현 정부의 움직임이었다. 하지만 도렌트는 역행하기로 했다.

"대중은 적당히 배가 고파야 돼."

너무 배부른 대중은 다른 생각을 하게 된다. 적당히 배가 고프되, 배고파 죽을 정도가 되면 안 된다.

"그렇게 다스려야 효과가 있으니까."

도렌트는 책상에 앉았다. 책상에 놓인 문서를 읽기 시작했다. 흥미로운 내용이 있었다.

'대중은 개돼지라.'

한국과 절대악에 관련된 보고 문서였다.

'맞는 말이야.'

맞는 말이지만 이 말을 대놓고 하면 안 된다. 도렌트는 그 사실을 잘 알고 있다. 그는 보고서를 정독했다. 저도 모르게 피식 웃었다.

'신귀족 프로젝트?'

한국에서 진행되었던 신귀족 프로젝트가 있단다.

'이거 재미있군.'

거의 실행될 뻔했던 것 같다. 한국에 절대악이 등장하지 않았더라면, 지금쯤 신귀족 프로젝트가 활성화되었을지도 모를 일이다.

그는 보고 문서를 책상 안에 넣었다. 그는 이 프로젝트가 꽤

장히 마음에 들었다.

'조금만 손보면…… 새로운 시대를 열 수 있겠어.'

베르디가 팬더의 등을 토닥여 주었다. 현재 팬더는 테이블
에 엎드려 있는 상태.

"팬더. 괜찮아요. 우리는 이보다 훨씬 더 어려운 시기를 견
뎌냈잖아요?"

베르디는 콜라를 홀짝홀짝 마시면서 다시 한번 팬더의 등
을 도닥거렸다.

"울지 말아요. 주군 오라버니와 주모 언니도 천천히 시간을
가지라고 했잖아요. 사실 아서 광산도 팬더가 없었으면 열 수
없었는걸요?"

"……."

결국 베르디는 마법까지 써야만 했다.

"자. 코, 팽."

휴지가 스스로 날아 팬더의 코에 닿았다. 팬더가 의도한 것
이 아닌데, 저절로 코를 풀게 됐다.

"눈물 닦고. 아니, 팬더. 덩치는 산만 한 장로가 왜 울어요?
앞으로 술은 절대로 허락하지 않겠사와요."

"나는 쓰레기야. 나는 핵폐기물이라고."

"……."

베르디는 바깥 세계 언어를 많이 공부하고 있다. 그중에는 '핵폐기물'도 있었다.

"아니, 팬더. 그러라고 알려준 말이 아니잖아요. 바깥 세계에서 그거 엄청 나쁜 뜻이랍니다. 자신을 비하할 때 쓰는 말이 아니어요."

술에 잔뜩 취한 팬더가 벌떡 일어나서 외쳤다.

"나는 후쿠시마 핵폐기물이다!"

그도 그럴 것이 그는 5일이 지나도록 '지도'와 '가디언'의 비밀을 풀지 못했다. 주군과 주모를 위해 이 몸 다 바치기로 했는데, 이래서야 쓸모도 없지 않은가.

"곧 오전 8시여요. 주군 오라버니께서 접속하실 텐데, 이런 모습 보이면 쓰겠어요?"

"나 같은 방사능 핵폐기물한테……. 술 깨는 마법 좀 걸어 줄 수 있겠어?"

"앞으로 팬더 앞에서는 바깥 세계의 언어를 쓰지 않겠사와요. 어쨌든 술기운은 몰아낼게요."

현재 시각 오전 7시 45분. 새벽 00시부터 술을 마셨으니 지금 거의 8시간째 같은 자리에 있는 중이다. 이 정도로 체력이 어떻게 될 NPC들은 아니라는 점은 둘째치고서, 어쨌든 그들은 다시금 탐사를 준비했다.

오전 8시. 평소와 마찬가지로 한주혁이 접속했고 팬더와 함께 아서 광산 탐사를 시작했다. 베르디의 마법 덕택에 술기운을 완전히 몰아낸 팬더가 진지한 얼굴로 말했다.

"주군. 오늘은 반드시 히든 피스를 찾아내겠습니다."

그렇게 한 시간이 흘렀을 때. 광산에 어떠한 변화가 감지되었다. 한주혁은 느낄 수 있었다.

'이 느낌은……'

비슷했다.

'뉴클리안?'

이미 겪어봤다. 뉴클리안과 같지는 않은데, 비슷한 느낌이었다.

'뉴클리안이 이 안에서 터진다고?'

어떻게 된 건지는 모르겠다. 불칸의 청은 같은 놈이 아메리아 대륙의 워프 포탈을 타고 여기까지 이동했다? 그것도 뉴클리안과 같은 차세대 마법병기를 가지고?

불가능한 일이다. 에르페스 제국 NPC일 수는 없다.

한주혁이 주위를 살폈다.

'게다가.'

아서 광산 전체가 흔들리고 있다.

'누군가 아서 광산을 직접 타격하려 하는 거다.'

어떻게 이게 가능할까.

'케르핀의 낙서장이 있다면 가능해.'

그때 베르디가 무언가를 발견했다.

"주군! 가디언을 보시와요!"

수호자. 가디언의 눈에 푸른빛이 번쩍였다. 그 어떤 방법으로도 꿈쩍하지 않던 가디언에게서 변화가 감지된 거다.

그와 동시에 놀라운 알림이 이어졌다.

여태까지 아무런 반응이 없었던 가디언의 눈에서 푸른빛이 새어 나오기 시작했다.

-적정 수준 이상의 에너지 파동을 감지합니다.
-아서 광산의 위기를 감지합니다.
-최후의 프로젝트에 의거하여 가디언이 가동되기 시작합니다.

그 알림을 베르디도 들었다.

'가디언이 맞사와요!'

지금은 사라진 고대 문물. 현대의 마법병기보다 훨씬 뛰어난 수준의 고대 마법병기 중 하나인 가디언이 맞았다.

-사용자가 설정되어 있지 않습니다.
-가디언이 우선순위를 파악합니다.
-가디언의 우선순위는 '아서 광산의 보호'입니다.

베르디가 말했던 '수호자'의 역할을 이행했다. 가디언은 무엇인가를 지키기 위하여 설계된 마법병기.

-마나파장을 파악합니다.

-마나파장을 역으로 분쇄합니다.

석상에서 돌가루가 바스스 떨어져 내리기 시작했다. 돌로 덮여 있던 피부가 어느덧 청동빛으로 변하고 있었다. 가디언의 팔. 네 개가 천천히 움직였다.

각자 다른 크기의 망치를 들고 있는 팔이 움직였고, 망치 끝에는 하나하나의 마법진이 구동되었다.

베르디가 눈을 크게 떴다.

'완전히 다른 형태의 마법진?'

마법진 네 개가 한꺼번에 펼쳐졌다. 더블 캐스팅도 아니고, 트리플 캐스팅도 아니고. 무려 쿼드 캐스팅이었다.

'아니에요.'

베르디는 저것이 쿼드 캐스팅이 아니라는 사실을 깨달았다.

'눈으로 보이는 것은 쿼드 캐스팅이지만요.'

하지만 자세히 살펴보면 아니었다. 하나의 마법진이 두 겹으로 이루어져 있었다.

원형 형태의 마법진. 위쪽 마법진은 시계방향으로, 아래쪽 마법진은 반시계 방향으로 거꾸로 회전하고 있었다.

'마법진이 총 8개.'

다시 말해.

"마법사가 아닌 마법병기가 옥타 캐스팅을 전개하고 있사와요!"

베르디는 흥분했다. 지금 아서 광산이 무너질 수도 있다는 것은 그녀에게 중요하지 않은 것 같았다.

'8개의 캐스팅!'

마법진에는, 눈으로는 확인할 수 없을 만큼 작은 글자들이 빼곡히 채워져 있었는데 베르디는 저것이 고대 마법언어라는 사실을 알 수 있었다.

마법사 베르디의 눈이 반짝거렸다.

'영상 기록.'

지금은 비록 확인할 수 없지만, 시간을 오래 들여서, 열심히 공부해 보면 고대 마법언어에 대해 조금이나마 파악할 수 있을 것이다. 그렇게 되면 자신의 마법도 한층 진일보시킬 수 있을 거라고 생각했다.

'주군 오라버니를 위하여! 베르디는 공부를 열심히 하겠사와요!'

알림이 계속해서 이어졌다.

-보호 시스템이 가동됩니다.
-외부의 물리적 요인을 일부 제거합니다.

일부는 제거했고 일부는 제거하지 못했다.

-아서 광산의 수호자. 가디언이 충격을 흡수합니다.

쿠구구구구궁-!

가디언의 몸이 바르르 떨리기 시작했다.

한주혁은 일이 심상치 않게 돌아가고 있다고 생각했다.

'가디언의 몸이……'

폭발할 것처럼 팽창했다. 원래 몸집의 두 배 이상 커졌다. 마치 몸에 바람을 잔뜩 불어넣은 개구리 같았다.

"베르디. 버프 마법."

"죄송해요. 현재 옥타 캐스팅을 진행 중인 가디언이라서 제가 마법을 덧붙이면 어떤 영향이 있을지 모른답니다."

한주혁은 고집부리지 않았다. 마법에 관해서는 자신보다 베르디의 의견이 훨씬 정확할 테니까.

베르디는 비교적 차분한 상태를 유지했다.

'가디언이 충격을 모두 먹어버리고 있어요.'

베르디가 봤을 때 아서 광산을 통째로 무너뜨릴 수 있을 정도의 어마어마한 파괴력이었다. 그걸 가디언이 먹어치웠다. 몸으로 말이다.

'저건…… 핏줄?'

사람으로 치자면 핏줄이 튀어나왔다. 사람으로 치면 핏줄이고, 가디언으로 치면 마법회로다. 뉴클리안의 파괴력을 몸으로 받아낸 가디언의 마법회로가 부풀어 올랐다. 건드리면 터질 것만 같았다.

"주군 오라버니. 저길 보시와요."

가디언의 부풀어진 가슴이 열렸다. 그와 동시에 뜨거운 열 폭풍이 불어 닥쳤다.

"쉴드."

베르디가 그 열 폭풍을 막아냈다. 가디언의 가슴이 살짝 열렸을 뿐인데, 그로 인한 열 폭풍은 결코 만만한 수준이 아니었다. 아서 광산의 벽면이 녹아 버렸다.

이걸로 확신할 수 있었다. 누군가 아서 광산을 의도적으로 공격했다. 공격 불가의 설정값을 바꿔가면서 말이다.

"에너지 스톤을 공급하는 공급 장치 같사와요."

어느덧 가디언의 몸이 더욱더 팽창하여 천장에 머리가 닿을 정도로 커졌다. 원래 크기보다 5배 이상 커졌다.

베르디가 크게 외쳤다.

"오라버니!"

마법사인 베르디가 미처 반응하지 못할 정도의 빠른 속도로 한주혁이 움직였기 때문이다.

'파괴력이 만만치 않아.'

베르디가 긴장했을 정도로 고대 마법병기의 몸이 터질 듯 부풀어 오르고 있는 상황.

'저대로 두면 우리도 죽는다.'

이 정도 파괴력이면 거의 뉴클리안에 근접하는 수준이 아닐까 싶다. 어쩌면 뉴클리안일 수도 있다.

-스킬. 파천보법을 사용합니다.

한주혁의 몸이 엄청난 속도로 뻗어나갔다. 순식간에 가디언 바로 앞까지 접근했다.

뜨거운 열 폭풍이 불어 닥쳤다.

-스킬. 악신의 가호를 사용합니다.

가까이 다가가니 느낄 수 있었다.

'가디언이 몸으로 받아들이는 에너지가 도대체 얼마나 큰지 모르겠군.'

아주 조금 열린 가슴을 통해 느껴지는 열 폭풍이 이 정도다. 만약 가디언이 저 폭발력을 감당하지 못한다면, 그래서 가디언의 몸이 터져 버린다면 이쪽도 죽는다. 그걸 확실하게 느꼈다.

'이걸로는 어렵겠어.'

열 폭풍은 단순히 뜨겁기만 한 게 아니었다. 이쪽을 완전히 밀어낼 수 있을 정도의 강력한 물리력도 갖고 있었다. 한주혁의 H/P를 깎을 정도는 아니었으나, 접근하기가 쉽지 않았다.

그래서 사용했다.

-스킬. 초인의 영역-1을 사용합니다.

모든 육체 능력치를 순식간에 끌어올려 주는 한주혁의 스킬. 초인의 영역을 사용했고.

-스킬. 악의 독려를 사용합니다.

악의 독려를 사용하여 자신의 몸에 버프를 걸었다. 팬더와 베르디는 상황을 정확하게 파악했다. 한주혁이 시킨 것도 아닌데, 베르디가 마법을 사용했다.

"패스트!"

한주혁의 몸에, 그녀가 할 수 있는 모든 버프 마법들을 걸었다. 그녀의 왼손과 오른손에 마법진 여러 개가 생겼다 없어졌다를 반복했다.

"스트렝스! 디펜스! 쉴드! 이글 아이! 덱스 업! 레지스턴스!"

온갖 마법효과들이 한주혁의 몸에 중첩되었다. 그와 함께 펼쳐지는 파천보법이 열 폭풍을 뚫어냈다.

'여기냐?'

열린 가슴 사이로 튀어나와 있는 장치. 마치 몬스터 스톤이 들어갈 것만 같은 자리.

'아끼지 말아야지.'

고대 마법병기가 있는 광산이다. 몬스터 스톤은 대표적인 에너지 스톤이다. 그리고 한주혁은 세계 최고의, 심지어 NPC들까지 탐내는 최고 등급의 몬스터 스톤을 200개 이상 가지고 있다.

'블랙 스톤을 사용한다.'

순식간에 인벤토리에서 블랙 스톤을 꺼내 들었다. 블랙 스톤을 에너지 구동 장치에 넣었다. 크기가 정확하게 일치했다.

-가디언의 체내에 새로운 에너지가 공급됩니다.

번쩍!

검은색 빛과 함께 블랙 스톤이 사라졌다.

'하나로는 부족해.'

한주혁은 아끼지 않았다. 돈도 써본 놈이 쓰는 거다. 한주혁은 블랙 스톤을 많이 써봤다.

번쩍!

블랙 스톤이 다시 빛으로 변했다.

'확실히……!'

그때마다 가디언의 몸이 조금씩 줄어들기 시작했다. 그에 반해 눈으로 보기에 4개인 마법진(실제로는 8개)의 크기가 점점 커졌다.

'효과가 있어.'

블랙 스톤 10개를 소모했다. 가디언의 크기가 원래대로 돌아왔다. 그 사이에 다른 변화들도 있었다.

베르디는 그 변화를 눈치챘다.

'마법회로가 검은색으로 변했사와요.'

또한.

'눈에서 새어 나오는 색깔이 검은색이어요.'

전체적으로 블랙 스톤의 영향을 많이 받은 것 같다. 알림이 이어졌다.

-아서 광산의 위기가 소멸되었음을 확인합니다.

-최후의 프로젝트에 의하여 강제 구동된 가디언이 파괴됩니다.

투둑-!

투두두둑-!

가디언의 팔 하나가 바스러지며 없어졌다. 베르디가 발작하며 소리쳤다.

"안 돼!"

저걸 공부해서 마법실력을 늘려야 하는데! 그래서 우리 주군 오라버니랑 주모 언니 행복하게 해줘야 하는데! 세계에 하나밖에 없는 고대 마법병기 가디언인데!

"부서지면 저주한다! 이 똥꾸멍아!"

베르디만 당황한 건 아니었다. 한주혁 역시 마찬가지였다.

'이 새끼?'

블랙 스톤 10개를 썼다. 세계의 보물 블랙 스톤. 그걸 10개나 먹었는데 이대로 부서진다고? 절대 그대로 둘 수 없다.

베르디의 한주혁의 마음을 읽은 것인지는 몰라도, 알림이 이어졌다.

-가디언의 자체 복구 시스템이 가동됩니다.
-가디언의 체내에 막대한 양의 에너지가 확인되었습니다.

한주혁은 바닥에 주저앉았다.

'아……'

다행이다. 내 블랙 스톤. 내 소중한 블랙 스톤 10개를 처먹고 사라졌으면 정말 분통 터뜨릴 뻔하지 않았는가.

"블랙 스톤이 신의 한 수였네."

검게 물들었던 마법회로도, 눈에서 새어 나오는 검은색 빛도 이제는 사라졌다. 완전히 원래의 가디언으로 돌아왔다. 다시 말해, 가디언의 복구 프로그램에 블랙 스톤이 가지고 있던 모든 에너지를 소모했다는 뜻이다.

-가디언의 정상화가 완료되었습니다.
-새로이 복구된 가디언이 완전 구동하기 시작합니다.

그냥 다시 구동하는 게 아니었다.

-시스템 상 가디언은 1회 파괴되었습니다.
-최후의 프로젝트의 이행에 따라 이전 계약이 파기되었습니다.
-가디언에게 새로운 주인이 필요합니다.

베르디가 말했다.

"가디언은 주인이 있어야만 구동되는 마법병기여요."

한주혁이 자리에서 일어섰다. 가디언 바로 앞에 섰다. 뉴클리안에 근접할 정도의 폭발력을 몸으로 감당해 낸 마법병기다. 이런 놈을 손에 넣으면 전력이 훨씬 더 증가할 거다.

목소리가 들려왔다.

"새로운…… 계약자를…… 필요로…… 한다."

가디언에게서 들린 목소리였다. 한주혁이 대뜸 말했다.

"내 거 하자."

"새로운…… 계약자에게…… 조건이…… 필요."

조건이 필요하단다.

'조건?'

이 정도 마법병기를 손에 넣는 것에 꽤 까다로운 조건이 필요할 것 같다는 생각이 들었다.

-계약 상위주체의 이름 혹은 호칭이 '아서'여야만 합니다.

-조건을 만족하였습니다.

한주혁이 씨익 웃었다.

'어라?'

이거.

'나를 위한 가디언이야?'

아서 광산의 이름을 아서라고 정해서 조건이 '아서'가 된 건지, 아니면 애초에 시스템에서 자신을 겨냥하여 '아서'로 해놓은 건지는 모르겠다. 어쨌든 뭐가 어찌 됐든 자신은 아서다. 아주 좋다.

-최소 대군주 이상의 호칭이 필요합니다.

-조건을 만족하였습니다.

한주혁의 미소가 짙어졌다. 감이 온다. 이거, 나 가지라고 주는 선물인 거 같다.

-위명을 필요로 합니다.

-조건을 만족하였습니다.

그래그래. 아주 좋아. 한주혁은 알림에 귀를 기울였다.

-200 이상의 카리스마 수치가 필요합니다.
-조건을 만족하였습니다.

4개의 조건을 만족했다. 아주 잠깐의 시간이 흐른 뒤 또 다른 알림이 들려왔다.

-계약서가 주어집니다.

한주혁의 눈앞에 시스템 창처럼 생긴 계약서가 떠올랐다. 가디언을 소유할 수 있게 된다는, 가디언은 오로지 한주혁의 명령에만 듣게 된다는 그러한 내용이었는데 생각지 못한 내용이 하나 담겨 있었다.

'어라?'

한주혁이 또 한 번 씨익 웃었다.

'이건 무슨 개이득?'

맨 마지막. 계약을 완료하기 위해 필요한 것이 있었다.

-2개 대륙 이상을 지배하는 제국이 인정하는 직인이 필요합니다.
-직인이 없을 시, 가디언은 휴면 상태로 전환됩니다.

그리고 한주혁에게는 그 직인이 있었다. 절대악 메인 퀘스트를 진행하면서 에르페스 제국으로부터 받은 도장이 있지 않은가. 에르페스 제국은 센티니아 대륙과 루니아 대륙을 지배한다. 사실 다른 대륙들에 비해서 대륙이라고 하기에는 좀 작지만, 어쨌든 두 개의 대륙인 것은 맞다.

'그러니까 역시 절대악 메인 퀘스트랑 연동된다는 거지?'

절대악 메인 시나리오를 따라가다 보니 아서 광산을 활성화시킬 수 있었고, 이 직인을 손에 넣을 수 있었다.

'재미있는 건……'

재미있는 것은 이 메인 시나리오가 단순히 에르페스 제국, 그러니까 센티니아와 루니아 대륙을 넘어서서 아메리아 대륙까지 이어지고 있다는 것과 점점 그 스케일이 커지고 있다는 것.

한주혁이 도장을 찍었다.

-계약이 완료되었습니다.

-가디언의 주인으로 설정됩니다.

-가디언이 '아서' 님의 권속으로 설정됩니다.

그와 동시에 놀라운 알림이 이어졌다.

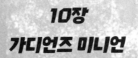

10장
가디언즈 미니언

-가디언의 주인으로 설정됩니다.
-가디언이 '아서' 님의 권속으로 설정됩니다.

거기까지는 좋았다.

-최후의 프로젝트에 의하여 가디언의 모든 에너지가 소모되
었습니다.
-가디언의 복구는 완료되었으나 구동 에너지원이 전무한 상
태입니다.
-가디언의 활성화를 위하여 또 다른 에너지원이 필요합니다.

에너지원이 필요하단다. 에너지원. 어렵게 말해 에너지원이지,

사실은 그냥 몬스터 스톤이다. 더 정확히 말하자면 블랙 스톤.

'이거…… 돈 잡아먹는 기계냐?'

순간 가디언을 한 대 칠 뻔했다. 이미 10개를 먹어놓고서는 더 뱉으란다.

'참자.'

광산을 위해 참아야 한다. 올림푸스 세계관에서 많이 벗어나는 광산이 아니라면, 이 광산은 꾸준히 몬스터 스톤을 만들어낼 거다. 지금 당장은 손해를 볼지라도, 계속해서 이득을 안겨다줄 거다.

'내 블랙 스톤……!'

안 그래도 활용도가 많은 블랙 스톤이다. 이놈의 절대악 메인 퀘스트는 뭘 조금 하려고만 하면, 블랙 스톤을 내놓으라고 협박하는 매우 값비싼 퀘스트니까.

'베르디의 마법연구에도 도움이 되겠지.'

베르디가 강력해지면 이쪽에도 큰 도움이 된다. 어쩌면, 이후에는 데미안 없이도 핵우산을 펼칠 수 있게 될 수도 있다. 과연 그날이 언제 올지는 모르겠다만 한주혁은 최대한 긍정적으로 생각하기로 했다.

블랙 스톤을 가디언의 가슴에 넣었다.

'하나.'

숫자를 셌다. 지금 하나를 넣었다.

'둘.'

두 개를 넣었다. 가디언은 움직일 생각을 하지 않았다.

'셋.'

세 개를 먹어치우고서도 미동도 없었다.

'넷.'

결국 한주혁은 '열'까지 숫자를 셌다. 블랙 스톤 10개를 소모하고 나서야, 가디언의 눈에서 검은빛이 새어 나오기 시작했다.

"베르디. 이거 그냥 콱 부숴 버릴까."

눈에서 빛만 나오면 뭘 하나. 활성화가 안 되는데.

"주군 오라버니. 이 가디언이 씹돼지인 건 맞사와요."

"……."

쟤는 또 어디서 저런 단어를 배워왔나 싶다. 바깥 세계의 언어를 어디를 통해서 배우는 건지. 언어 습관이 자꾸 안 좋아지는 것 같다.

"그렇지만 그만큼의 값어치가 있을 것이라 사료되어요."

그래서 결국 블랙 스톤을 30개나 소모했다. 가슴에는 말이다. 팬더가 무엇인가를 발견했다.

"주군. 가디언의 팔꿈치에도 빈 공간이 있습니다."

하필이면 그 공간이.

"블랙 스톤의 크기. 형태와 정확하게 일치합니다."

"그렇겠지."

30개를 썼는데 아직도 멀었다. 이놈의 팔이 총 4개다. 4개의 팔, 그러니까 4개의 팔꿈치. 각각 4개의 홀에 5개씩의 블랙 스톤을 넣어야만 했다. 그러니까 도합 50개의 블랙 스톤이 소모 되었다. 가디언 하나를 활성화시키는 데 말이다.

-가디언이 완전 구동되기 시작합니다.
-완전 구동에 필요한 조건을 모두 만족하였습니다.
-완전 구동에 따라 더 이상의 에너지 주입이 필요하지 않습니다.
-이후로 계약자의 명령 혹은 가디언의 완전한 파괴가 진행되지 않는 한, 가디언은 영구적으로 활성화 상태에 접어듭니다.

한주혁이 고개를 끄덕였다.
"그래."
블랙 스톤 50개를 처먹고서 영구 활성화되지 않으면 말이 안 되는 거다. 그랬다면 부숴 버렸을지도 모른다.
'돈값 해라. 진짜. 못하기만 해봐라.'
알림이 계속해서 이어졌다.

-가디언의 완전 활성화를 확인합니다.
-히든 피스 한 조각을 완성시켰습니다!
-축하합니다!
-히든 피스. '숨겨진 보물'이 활성화되었습니다!

한주혁. 팬더. 그리고 베르디의 눈에 무엇인가가 보였다. 가디언 뒤쪽 벽면에 마법진이 하나 생겼다.

"베르디. 저건 워프 포탈?"

"맞는 것 같사와요. 그런데 형태나 규격이 현대적이지 않아요."

히든 피스. '숨겨진 보물'로 향하는 워프 포탈인 것 같다. 이를테면 1층과 지하 1층 사이를 이어주는, 반지하 정도의 느낌이랄까.

"제가 추측해 봤을 때, 저 워프 포탈은 저희 셋밖에 볼 수 없는 것 같사와요. 특이한 형태여요. 저렇게 적은 마나로 워프 포탈을 구동할 수 있다는 것이 신기한 것 같사와요."

한주혁이 씨익 웃었다.

'아서 광산에 역시 뭔가 더 있기는 있는 모양이네.'

지도를 아직 완성하지 못했다. 가디언의 허리 부근이 비어 있었다.

'시간제한은 딱히 없고.'

아서 광산, 쉽게 볼 곳은 아니다. 가디언을 활성화시키는 데에만 무려 50개의 블랙 스톤이 필요했다. 한주혁 외에 다른 사람이면 아예 여기까지 오는 것도 불가능했을 거다.

'성좌 퀘스트의 난이도가 헬이라면.'

성좌 퀘스트도 어렵다. 그건 헬이라 칠 수 있겠다.

'절대악 퀘스트는 슈퍼 헬 정도는 되니까.'

약간의 준비가 필요할 것 같다. 시간제한도 없다. 그래서 약간 준비를 하기로 했다.

"우리는 저길 공략한다. 팬더, 베르디. 우리가 준비해야 할 것들에 대하여 생각해 보도록."

생각지도 못했던 히든 피스 만족이다. 누군가 아서 광산을 공격해 준 것이 한주혁에게는 굉장히 큰 이득으로 다가온 셈이다.

'성좌인가?'

그도 아니면.

'불칸의 청은?'

플레이어인 성좌라면 뉴클리안을 얻기 힘들었을 거고, NPC인 청은이면 이곳에 핵을 사용할 수가 없었을 텐데.

'정체는 몰라도.'

어쨌든 개이득.

'나를 죽였다고 생각하겠지?'

핵은 눈앞에서 쓰는 게 아니다. 멀리서 소환 마법을 통해 사용한다.

"베르디. 나와 팬더의 기적을 죽여. 흔적을 없앤다. 가능하지?"

"물론이어요! 베르디는 주군 오라버니를 위하여 흔적이 아니라 흔적의 할아버지도 없앨 준비가 되어 있사와요!"

죽은 척 좀 하기로 했다.

플레이어들에게는 공개되어 있지 않은 오펠스 산맥. 드래곤이 잠들어 있다는 전설이 전해지고 있는 에르페스 제국에서 가장 깊은 산맥으로 통하는 곳이다.

그곳은 인간이 개척하지 못한, 혹은 하지 않은 깊은 곳으로 사람이 살기에 매우 부적절한 지형적, 기후적 요소들을 전부 가지고 있다. 따라서 '그 안에는 사람이 살고 있지 않다'라고 대외적으로 알려져 있다.

오펠스 산맥 페르난투 폭포 근처, 폭포 뒤에 숨겨진 동굴에서 한 남자와 한 여자가 얘기를 나눴다.

"재미있는 얘기가 들리더군."

"절대악과 관련한 얘기요?"

"맞아. 그의 행보를 눈여겨볼 필요가 있겠어."

"그래 봤자 플레이어 아닌가요?"

"그러한 고정관념 때문에 제국이 된통 당했지. 특사를 보냈다가 개망신을 당하기도 했고."

"사실 제국이 우리 때문에 신경이 너무 분산되어 있어서 그쪽을 제대로 컨트롤하지 못했기 때문일 거예요."

"그것도 사실이지."

제국이 만약 절대악을 가장 큰 걸림돌로 생각했다면, 이미 절대악을 제거했을 거다.

여자의 머리카락은 온통 붉은색이었다. 그녀는 붉은색 머리카락 사이에서 종이로 된 문서 하나를 꺼냈다.

"아마 이걸 훔쳐오지 않았다면 플레이어들은 이미 에르페스의 노예로 살아가고 있었을지도 모르죠."

사실 이걸 훔치려고 했던 건 아니었다. 여러 개를 훔쳤는데, 그중 하나가 이것이었을 뿐. 에르페스 제국의 '플레이어 노예화 프로젝트'와 관련된 문서.

남자가 후후- 하고 웃었다.

"그들에게는 끔찍한 형벌이겠어."

플레이어들의 사정에 크게 관심이 있는 건 아니다. 그래도 플레이어들에게 이 연구가 얼마나 치명적인 건지는 알겠다.

"로그아웃을 불가능하게 만드는 연구라니."

그들이 원래의 세계로 돌아가지 못하게 된단다. 아직 미완성이긴 하지만, 상당 부분 연구가 진척되었다.

"이쪽 세계로 넘어오려면 캡슐이라는 것이 필요하다고 해요. 로그아웃이 불가능하니, 그 캡슐에서 말라 죽을 때까지 이곳의 노예로 살아가게 되는 거죠. 제국 놈들. 하여튼 변태 놈들이라니까요."

그녀는 붉은색 머리카락을 배배꼬면서 인상을 잔뜩 찡그렸다. 그런 그녀를 보면서 남자는 어깨를 으쓱했다.

"어쨌든……. 절대악이라는 플레이어의 여자가 에르페스 제국의 미인 대회에 참여한 것도 재미있어."

"왜요?"

"그 대회의 우승 상품이 면책 특권이거든."

그 말에 여자가 웃었다. 가느다랗게 초승달처럼 변한, 뭇 남자들의 마음을 뒤흔들 수 있을 것만 같은 예쁜 눈웃음이었다.

"그거 나름 요긴하게 쓸 수 있을 것 같은데. 훔쳐올까요?"

"우리에게는 의미가 없어. 우린 어차피 반역자들이니까."

제국의 가장 큰 골칫거리. 일 순위로 살해하고 싶은 대상이 바로 자신들이다. 칸트도, 블랙도 그 사실을 잘 알고 있다.

"그런데 절대악에게는 어떨까?"

"이상하게 절대악에게 큰 관심을 쏟네요. 당신답지 않게."

"오래전부터 지켜보고 있었어. 성장 속도가…… 상상을 초월하더군."

"플레이어들은 성장 속도가 원래 빠르잖아요."

플레이어들은 비교적 빠르게 성장한다. 복잡한 공부 없이도 마법까지 쓴다. 하지만 그게 다다. 일정 수준까지는 빠르게 성장하지만, 일정 수준을 넘는 플레이어는 등장하지 못했다. 적어도 지난 200년간은 말이다.

"그 상상을 아득히 초월했어."

"당신이 그 정도로 말할 정도면…… 눈여겨볼 가치는 있겠네요."

"그에게는 면책 특권이 중요하게 쓰일 수 있을 거야."

"절대악이 우리 편이 될 것이라 확신하는 것 같네요?"

"오래전부터 관찰했다고 했잖아."

칸트는 말하지 않았다.

'어쩌면……'

어쩌면 그가 전설 속 '스카이 데블'의 후계자일 수도 있겠다는 생각을 아주 조금 하고 있는 중이다. 물론 아주 조금이다. 가능성은 1퍼센트가 채 되지 않는다. 그래서 말을 아꼈다.

'그의 행보는…… 분명 제국에 적대적이야.'

그 사실을 제국도 알고 있다. 다만 아직 건드리지 않고 있을 뿐. 적당한 관계를 유지만 하고 있다. 적극적으로 움직이기에는 자신과 블랙이 거슬릴 것이다.

'스카이 데블의 후계자…… 일 가능성은 거의 없지만.'

원래 그는 큰 가능성에 무게를 두고 움직인 적이 없다. 그랬을 거면 이미 제국의 주요 자리를 차지하고 있었을 거다.

"나는 앱솔루트 네크로맨서가 면책 특권을 얻었으면 좋겠어."

"제국이 순순히 줄까요? 심사 위원은 어차피 고위 NPC일 텐데."

"안 주겠지."

칸트가 블랙을 쳐다봤다. 슬쩍 웃었다. 무슨 뜻인지 이해한 블랙이 머리카락을 한 번 뒤로 넘겼다.

"무슨 뜻인지 알겠어요. 언제 출발할까요?"

"지금."

대도 블랙이 움직이기 시작했다.

Siri는 상황을 이해할 수 없었다.

'뉴클리안의 폭발은 완벽했어.'

소환도 성공했고 폭발도 성공했다. 그런데 아서 광산에는 그 어떠한 변화도 감지되지 않았다.

'폭발은 했는데.'

그 폭발이 아서 광산을 무너뜨릴 정도는 아니란 말인가. 아서 광산이 그토록 견고한 광산이란 뜻인가.

'확인이 필요해.'

무엇보다도 그녀는 절대악의 시신이 탐났다.

'분명 죽기는 했을 거야.'

비록 소형화되기는 했지만 그래도 뉴클리안은 뉴클리안이다. 불칸의 기사였던 청은도 자신만만하게 말했다고 했다. 일단 맞으면 무조건 죽는다고.

'그래⋯⋯!'

생체 반응도 사라졌다. 죽은 게 맞는 것 같다. 빨리 가야 한다. 시신이 사라지기 전에.

"다르크. 아서 광산에 시신이 사라지지 않도록 방부 처리를 해둬. 원격으로 가능하지?"

"알겠습니다."

Siri의 마음이 급해졌다.

'그 시신을 토대로 인형을 만들어낸다면⋯⋯.'

그러면 자신의 능력은 더욱더 강해질 것이다. 감히 귀족들을 무시하고 촛불 따위로 개소리를 해대던, 한국의 수많은 대중들. 다시 말해 말 많은 개돼지들을 농락할 것이다.

'절대악이 없으면 그저 가축들이지.'

그들은 한낱 촛불 든 허수아비에 불과하니까. 절대악은 죽었다. 그녀는 그렇게 믿었다.

"다르크. 준비해."

다르크와 함께 움직이기로 했다. 몰래 아서 광산에 잠입했다. 그렇게 아서 광산에 들어갔을 때, 그녀는 생각지도 못한 상황과 마주해야만 했다.

"……이, 이건……?"

다르크와 Siri는 순간 당황했다. 검은색 그림자가 가까이 다가왔기 때문이다. 그 속도가 제법 빨랐다. 몬스터인가 했더니 그것도 아니었다.

다가오는 무엇인가를 공격하려던 Siri가 멈칫했다.

"뭐야, 이건?"

NPC인가.

"몬스터는 확실히 아닌데."

사람 같았다.

"난쟁이?"

키가 굉장히 작았다. 사람으로 치자면 7살 정도 되는 것 같다. Siri의 허리춤까지밖에는 오지 않는 키.

사람과 굉장히 비슷하게 생긴 그것은 팔을 네 개 가지고 있었다. 입으로는 이상한 소리를 냈다.

"미니미니미니미니."

'미니'를 네 번씩 말하는 습성이 있었고, 네 개의 팔은 각각 다른 크기의 자그마한 망치를 들고 있었다.

"미니미니미니미니."

"미니미니미니미니."

한둘이 아니었다. 여럿이 순식간에 모여들었다. 숫자는 대략 100여 명 정도 되는 것 같았다. 광산의 통로가 그렇게 넓은 편이 아닌지라, 이 공간 안에 난쟁이들이 득실거리는 것처럼 보였다.

"도대체 이것들은 뭐지?"

이쪽을 공격하지는 않았다. 하지만 길을 터주지도 않았다. 그때 '미니'를 중얼대는 난쟁이들 중에서 머리 하나 정도는 더 큰 난쟁이가 모습을 드러냈다.

"미니미니미니미니!"

다른 난쟁이들보다 체구가 조금 더 크고, 목소리도 조금 더 컸다. 그 난쟁이가 외치자 난쟁이들이 양옆으로 죽 늘어섰다. 통로가 생겼다. 그 통로를 따라 키가 더 큰 난쟁이가 Siri 앞에 섰다.

어느새 인형들을 소환해 낸 Siri가 조금은 여유로워진 모습으로 난쟁이들을 쳐다봤다.

"뭐냐, 넌?"

예전 아서 광산에는 없던 것들이 새로 생겨났다. 뭔가 싶었다.

키가 조금 큰(그래 봤자 Siri의 가슴팍 정도의 키인) 난쟁이가 망치를 높게 들어 올렸다.

"미니미니미니미니!"

그때부터 Siri가 당황하기 시작했다.

"뭐, 뭐, 뭐야!"

한주혁에게 알림이 들려왔다.

-수호자 가디언이 임무 활동을 시작하였습니다.

-가디언의 임무를 수행합니다.

-가디언의 최우선 순위는 아서 광산을 보호하는 것입니다.

가디언은 아서 광산을 보호한다.

-계약자의 속성을 파악합니다.

계약자. 그러니까 한주혁의 속성은 악 속성이다. 애초에 한주혁의 클래스 자체가 '절대악' 아니던가.

-계약자의 성향과 반대되는 성향을 배척합니다.

-성 속성의 플레이어/NPC는 무조건 적으로 간주합니다.

-최초의 설정값에 따라 '선 보고 후 조치' 방식이 적용됩니다.

히든 피스인 '숨겨진 보물'을 만족하여 베르디, 팬더와 함께 진입 준비를 하던 한주혁은 고개를 갸웃했다.

'선 보고 후 조치?'

가디언이 완전 활성화 상태에 접어든 것은 알고 있다. 그런데 그게 끝이 아니었던 모양이다. 히든 피스를 만족시킨 뒤, 뭔가가 더 남아 있었다.

-가디언의 체내에 에너지를 공급하는 에너지원을 파악합니다.

한주혁이 아주 잘 알고 있다. 에너지원은 블랙 스톤이다. 그것도 무려 50개.

-고순도, 고밀도의 에너지원으로 확인됩니다.

-가디언즈 미니언이 생성됩니다.

-가디언즈 미니언은 가디언의 에너지원에 따라 그 양과 질이 결정됩니다.

여기저기에 마법진이 생겼다. 검은색 동그란 마법진. 크기는 끽해야 유아용 홀라후프 정도 되는 크기였는데, 그 안에서 난쟁이들이 튀어나오기 시작했다.

'저게 가디언즈 미니언?'

아직 뭔지는 잘 모르겠다. 그때 베르디가 무엇인가 생각난 듯 말했다.

"주군! 상위급 가디언은 미니언을 부릴 수 있다고 했사와요!"

"미니언?"

"가디언과 에너지를 공유하여 움직이는 작은 가디언이라고 보시면 될 것 같사와요. 이건 정말 기적이어요. 미니언을 부릴 수 있는 가디언이라니! 그 가디언의 주인이 주군 오라버니라는 것이 저는 너무나 놀랍사와요!"

베르디는 한 치의 과장이나 거짓 없이, 순수하게 감탄했다.

"베르디는 주군 오라버니를 모시게 되어 정말 영광이어요."

문서로나 접했던, 그것도 아주 오래전 한 번 접해봤을 뿐인 가디언즈 미니언을 실제로 보게 되는 날이 오다니.

"정말 작은 마법진이지만…… 이 안에서 강대한 마나의 힘이 느껴진답니다. 현대 마법학으로는 이해할 수 없을 정도여요."

베르디는 마법진에 집중했다.

"고위 마법일수록, 마법진의 크기가 커져야만 하는 것은 당연한 것이어요. 고위 마법은 강대한 마나를 품고 있게 마련이고, 그 강대함을 버티려면 필연적으로 크기가 커져야만 하기 때문이어요."

그런데 가디언즈 소환 마법의 마법진은 크기가 작았다. 어떻게 이럴 수 있는지 아직은 알 수 없었다.

베르디의 온몸에 소름이 돋았다.

'시간만 주어진다면……!'

지금은 어렵다. 하지만 시간이 조금 더 있다면.

'저는 정말로 주군 오라버니께 큰 힘이 될 수 있을 것이어요!'

눈으로 직접 봤다. 저 정도의 마나를, 저 정도 크기의 마법진이 버텨낼 수 있다. 기술로 치자면 신소재를 발견한 것이나 다름없다. 같은 크기의 마법진으로 더 강대한 마나를 다룰 수 있다?

'그렇다면 더 큰 마법진을 만들어내면…… 더욱 강력한 마법을 사용할 수 있을 것이어요!'

아직 확실하지 않기에 말은 하지 않았다. 그러나 베르디는 확신했다. 자신이 주군께 큰 도움이 될 수 있을 거라고. 스카이 데블의 부흥에, 일조할 수 있을 것이라고.

알림이 이어졌다.

-가디언즈 미니언의 행동 강령을 결정할 수 있습니다.

이건 한주혁이 설정할 수 있었다. 한주혁에게 '미니언'에 대한 정보가 전송됐다.

'말 그대로 패트롤?'

가디언이 아서 광산 전체를 컨트롤하는 것이 아니었다. 가디언은 중앙 컨트롤 타워로서의 역할을 하고, 그의 분신이라 할 수 있는 작은 미니언들이 순찰을 도는 형식이었다.

'이 미니언들은……'

블랙 스톤 50개를 처먹은 가디언이다. 얼마나 대단한 걸 토해내나 싶었었다.

'내가 사용했던 에너지원의 질과 양에 따라 결정돼.'

그래서 확인해 봤다.

<가디언즈 미니언>

아서 광산 가디언이 소환해 낸 미니언. 가디언과 모든 시야과 생각을 공유하며 모든 미니언은 하나의 정신으로 이어져 있습니다. 아서 광산을 보호하는 것이 첫째 임무이며, 아서 광산을 보호하기 위해서 희생하는 것을 두려워하지 않는 용맹한 수호자들입니다. 가디언과 마찬가지로 미니언은 계약자의 권속으로 인정됩니다.

+상세설명

용맹한 수호자들치고 지나치게 앙증맞은 형상이기는 했으나, 상세설명을 살펴본 한주혁은 결코 이들이 앙증맞을 수 없다는 것을 알게 됐다.

<상세설명>

현재 가디언즈 미니언의 개체수는 222개체 입니다.

레벨: 318

현재 상태: 패트롤

특수 능력: 두드리기

행동 강령: 미설정

한주혁은 저도 모르게 입을 쩍 벌렸다.

'222개체?'

레벨 300이 넘는 미니언즈가 무려 200개체가 넘는단다.

"미니미니미니미니!

"미니미니미니미니!

가디언즈 미니언은 '미니'를 외쳐대며 여기저기 뿔뿔이 흩어졌다.

-행동 강령을 설정할 수 있습니다.

행동 강령은 두 가지였다.

-선 조치 후 보고를 설정할 수 있습니다.
-선 보고 후 조치를 설정할 수 있습니다.
-미 설정시, '선 보고 후 조치'로 행동합니다.

아까의 알림을 이해할 수 있었다.

'아까 들었던 선 보고 후 조치가 이런 뜻이었나.'

그래서 한주혁에게 계속해서 정보가 전해졌다. 광산에 누군가 침입자가 들어왔단다.

'침입자?'

보아하니.

'침입자는 성 속성으로 설정이고.'

아까도 알림이 있지 않았던가. 성 속성의 플레이어/NPC를 배척한다고.

"이야. 이거 돈값하네."

블랙 스톤 50개의 값어치를 하는지는 모르겠지만 일단 돈값은 하는 것 같다.

'내가 본 게 아닌데.'

자신이 본 것이 아님에도 불구하고 자신의 눈으로 확인한 것 같은 기분이 들었다. 그만큼 정보를 생생하게 전달받았다.

'Siri랑 다르크?'

이거 참.

'복이 굴러들어오네.'

이 얼마나 개이득이란 말인가.

"개이득."

알림이 또 들려왔다.

-보고를 끝마쳤습니다.

-가디언즈 미니언이 성 속성을 가진 적들을 포위하였습니다.

-행동을 지시하여 주십시오.

한주혁은 지하 1층. 성좌들은 지상 1층에 있다. 그럼에도 불구하고 한주혁은 성좌들이 바로 앞에 있는 것 같은 느낌을 받았다. 가디언으로부터 생생한 정보를 전해 받았기 때문이다.

한주혁은 네 가지 중 하나를 설정할 수 있었다.

-학살을 선택할 수 있습니다.

-방치를 선택할 수 있습니다.

-감시를 선택할 수 있습니다.

-도주를 선택할 수 있습니다.

한주혁은 눈을 잠시 감았다.

'이거 좋긴 좋은데.'

좋기는 한데.

'번거롭네.'

정보가 너무 생생하게 전달된다. 마치 눈앞에 있는 것 같다. 그래서 오히려 자신의 플레이에 영향을 받을 것만 같다. 지금은 히든 피스인 '숨겨진 보물'을 향해 나아가야 할 때 아닌가.

'설정값 변경.'

그래서 변경하기로 했다.

'선 조치 후 보고.'

다시 한번 확인했다.

'얘네는 내 권속들이잖아?'

권속들이 사냥한 것은 한주혁의 업적도 된다. 경험치도 오르고 명성도 오른다. 권속이 그래서 참 좋다. 이번에 얻은 권속은 평균 레벨도 300이 넘는다.

그때가 가디언즈 미니언들이 성좌들을 향해 달려들 때였다.

"미니미니미니미니!"

Siri는 눈앞에 벌어진 상황을 믿을 수 없었다.

"말도 안 돼……!"

"말이 안 되긴 뭐가 안 됩니까, 누님! 튀어야 됩니다!"

자신이 심혈을 기울여서 만든, 이 정도면 절대악은 조금 힘들어도 그 수하인 7번 성좌와 앱솔루트 네크로맨서는 처리할 수 있다고 생각했던 '앙투아네리아 인형 기사단'이 전멸했기 때문이다.

"미니미니미니미니!"

미니를 외쳐대며 망치를 휘두르는 난쟁이들은 일반 난쟁이라 볼 수 없었다.

"누님! 이 새끼들 하나하나가 문 타이거 뺨을 서너 대는 후려치겠습니다!"

"닥쳐!"

그녀도 보면 안다. 중국을 혼란의 도가니로 밀어 넣었던 문타이거. 미국을 벌벌 떨게 만들었던 몬스터 군단. 그놈들보다 더한 놈들 같다. 이 작은 놈들이 뭐 이리 센지 모르겠다.

"아이씨! 인형들로 시간 좀 벌어 봐요!"

클래스는 좋은데, 그 클래스 활용도가 매우 떨어졌다. 태르민 덕택에 성좌의 지위를 얻기는 했으나 활용을 제대로 못 했다. 다르크가 보기에는 그랬다.

"어떻게 좀 해보라고요!"

"닥쳐! 닥치라고!"

다르크도 Siri도 무기력했다. 미니언들 앞에서 아무것도 할 수 없었다.

"미니미니미니미니!"

작은 어린아이 같은 미니언들이 벽을 타고 천장을 타고 달려들어 망치를 휘둘렀다.

뽁!

소리가 났다.

"이런 우라질……!"

다르크는 움직일 수 없었다. 잿더미가 되었기 때문이다. 별을 봄과 동시에 잿더미가 됐다. 가디언즈 미니언은 의기양양한 표정으로 외쳤다.

"미니미니미니미니!"

마치 자신의 승리했다는 것을 포효하듯 크게 외친 미니언이 망치를 높이 들어 올렸다.

뽝! 뽝! 뽝! 뽝!

망치가 다르크를 수없이 내려쳤다.

한 놈이 아니었다. 검은 잿더미가 된 다르크를 무려 7개체가 둘러싸고서 망치를 휘둘렀다. 망치가 잿더미에 닿을 때마다, 뽝! 뽝! 소리가 났다.

"누님! 로그아웃이 안 돼요!"

인형들을 소환해 내면서 버텼던 Siri는 다르크에 비해서 딱 7초 더 살았다.

7초를 더 살았다는 것은 별다른 의미가 없었다.

"미니미니미니미니!"

뽝! 뽝! 뽝! 뽝!

뽕망치 같은 망치가 잿더미들을 마구 내려쳤고 Siri는 결국 비명을 토해냈다.

"이런 개 같은 새끼들이!"

그도 그럴 것이.

"어떻게 얻은 아이템인데!"

그녀가 아끼고 아끼던 '케르핀의 낙서장'이 드랍되었기 때문이다. 아직 사용횟수가 2회나 남은 물건이었는데 그것이 빠져나갔다.

"미니미니미니미니!"

뽁! 뽁! 뽁! 뽁!

가디언즈 미니언에게는 잿더미로부터 아이템을 스틸하는 능력도 있었다.

'안 돼!'

그런데 그것보다 더 중요한 것이 인벤토리로부터 빠져나가는 게 보였다.

'저, 저것만큼은……!'

아이템들을 손에 넣은 미니언들이 자신의 머리 위에 아이템을 들고서(심지어 갑옷 형태의 아이템은 미니언보다 더 컸다) 어디론가 달려갔다.

Siri가 절규했다.

"야 이 개 같은 새끼들아!"

절규하는 Siri를 뒤로한 채.

"미니미니미니미니!"

미니언들이 미니를 외치며, 줄지어서 한주혁을 향해 달렸다. 자신들이 무엇을 가져가고 있는지. 전혀 모르는 상태로.

to be continued

9클래스 소드 마스터

이형석 퓨전 판타지 장편소설
WISHBOOKS FUSION FANTASY STORY

검성(劍聖), 카릴 맥거번.
검으로 바꾸지 못한 미래를 다시 쓰기 위해
과거로 돌아오다.

이민족의 피로 인해 전생에 얻지 못한 힘.

'이번 생에 그걸 깨주겠다.'

오직 제국인들만이 사용할 수 있었던,
그 힘을!

'나는 마법을 익힐 것이다.'

이제, 검(劍)과 마법(魔法).
두 가지의 길 모두 정점에 서겠다.

9클래스 소드 마스터: 검의 구도자